Sabine Kranich

Anne und die schwarzen Katzen

Eine unendliche Liebesgeschichte

BoD
BOOKS on DEMAND

Über die Autorin

Sabine Kranich ist Psychologin und lebt seit über 25 Jahren mit Mann und Tieren und Pflanzen im ländlichen Algarve in Portugal.

Bisher sind u.a. von ihr erschienen:

Susans Träume, ISBN 9781537385334

Marie und Elias - eine phantastische Liebesge-schichte - ISBN 9783748151258

Das Quinta-da-Fortuna-Buch, ISBN 9783735724441

Zusammen mit Dietfrid Kranich:
Die Welt in unserem Garten: Gärtnerische und kulinarische Erfahrungen in Portugal ISBN 9783743143326

Sabine Kranich

Anne und die schwarzen Katzen

Eine unendliche Liebesgeschichte

Bibliografische Information der Deutschen Natio-nalbibliothek:
Die Deutsche Nationalbibliothek verzeichnet diese Publikation in der Deutschen Nationalbibliografie; detaillierte bibliografische Daten sind im Internet über http://dnb.dnb.de abrufbar.

Herstellung und Verlag: BoD – Books on Demand, Norderstedt

ISBN: 9783750423190

Für meine Schwester

Solange sie denken konnte hatte Anne eine große Leidenschaft und einen Traum: Sie liebte Katzen und zwar alle Katzen, egal welcher Farbe und welchen Alters und wollte ihr Leben mit ihnen verbringen. Mehr noch, sie wollte dafür sorgen, dass es möglichst vielen Katzen auf dieser Welt gut ging. Anne malte sich oft und gerne aus, wie sie eine Katzenauffangstation aufbauen und führen würde, eine Zuflucht für kranke, ausgesetzte und ungeliebte Tiere. Und dann hätte sie auch noch ein Katzenhotel für die geliebten Samtpfoten, deren Besitzer gerne dafür bezahlen würden, damit ihre Lieblinge während ihrer eigenen Abwesenheit gut umsorgt werden. Mit den Einnahmen des Katzenhotels würde sie die Katzenzufluchtsstation finanzieren. Sie selbst hatte leider nur zwei Katzen, den roten Kater Justin und die schwarz-weiß gefleckte Katze Purzel. Beide hatte sie natürlich aus dem Tierheim zu sich geholt. Dieser Plan war gut durchdacht und sie war überzeugt davon, dass es klappen könnte. Doch bisher war das nur ein Wunschtraum und Anne hatte Angst, dass das auch so bleiben könnte. Denn die Jahre vergingen und die einstmals junge Frau war gar nicht mehr so jung, bald würde sie ihren 39. Geburtstag feiern. Wobei „feiern" eigentlich zu viel gesagt war, „begehen" traf es besser. Mit wem sollte sie schon feiern gehen? In ihren eigentlich tiefschwarzen Haaren konnte sie sogar schon einige graue entdecken. Anne überlegte, ob sie anfangen sollte, ihre Haare nachzufärben. Das würde allerdings das eigentliche Problem nur äußerlich lösen: ihr lief die Zeit davon und es fehlten leider immer noch die finanziellen Mittel für die Verwirklichung ihrer Wünsche.

Sollte sie sich selbst beschreiben, würde sie sagen, sie wäre eine ganz gewöhnliche Frau mittleren Alters mit durchschnittlichem Aussehen und einem gewöhnlichen Leben. Dabei hatte sie auffallend schwarze, schulterlange Haare und tiefblaue Augen, eine Kombination, die alles andere als gewöhnlich war. Obwohl Anne gleich nach ihrem Abitur eine Ausbildung zur Rechtsanwaltsgehilfin erfolgreich abgeschlossen hatte und seitdem in diesem Beruf nahezu kontinuierlich arbeitete, war es ihr nicht gelungen, genügend Geld beiseite zu legen, um wenigstens mit der Verwirklichung ihrer Wünsche anzufangen. Dazu kam, dass die meisten Rechtsanwälte in Städten niedergelassen waren. Anne hatte deshalb immer zumindest am Rand einer größeren Stadt gelebt und zwar ein höheres Einkommen bezogen als bei einem vergleichbaren Anwalt auf dem Land, aber auch dementsprechend höhere Ausgaben zu bewältigen. Sie bräuchte ein großes Grundstück, Genehmigungen und genügend Kapital, um Gebäude bauen zu lassen und diese katzengerecht einzurichten. Selbst wenn sie aufs Land ziehen würde, wäre es immer noch unerschwinglich. Ihr jetziges Zuhause lag etwas außerhalb der Stadt, im Einzugsgebiet der S-Bahn. Anne hatte sich bei der ersten Besichtigung in das kleine Häuschen mit dem großen Garten verliebt und es vom Fleck weg gemietet. An den arbeitsfreien Wochenenden hatte sie Zeit zu entspannen, im Garten zu arbeiten oder mit ihren beiden Katzen zu spielen. Ein Mann fehlte in ihrem Leben.

Obwohl, *„fehlen" ist ein großes Wort*, fand Anne.

Mehr als ein Partner fehlte ihr ein großer Lottogewinn. Sie konnte sich tage- und auch nächtelang ausmalen, wie sie das Geld in ihrem Leben unterbringen würde. Als erstes würde sie das Haus, in dem sie wohnte, kaufen. Und sie würde versuchen eines der Nachbargrundstücke dazu zu kaufen, um dort eine Katzenpension einzurichten. Ihre Rechtsanwaltsgehilfenstelle würde sie natürlich aus Zeitmangel aufgeben müssen, was sie an dieser Stelle ihrer Überlegungen nicht sehr bedauerte. Und dann waren da ja auch noch die Straßenkatzen, die versorgt werden wollten. Außer den geliebten Hauskatzen, deren Besitzer sie in ihrem Katzenhotel abgeben würden, wenn sie selbst in Urlaub fuhren, gab es streunende und heimatlose Straßenkatzen zur Genüge. Waren sie gesund und jung und bekamen sie regelmäßig Futter, dann kamen sie gut über die Runden, aber was war mit den zu Jungen, zu Alten oder zu Kranken? Diese wären ein Fall für Anne. Sie würde sie aufnehmen, aufpäppeln und versuchen zu vermitteln.

Genau das war ihr Traum und deshalb müsste ein eventueller Lottogewinn groß sein!

Anne liebte Katzen, vielleicht sogar mehr als Menschen. Insgeheim wusste sie, dass sie Katzen generell mehr als Menschen liebte. Nur laut sagen durfte man so etwas nicht, sie wollte schließlich nicht als merkwürdig gelten.

Am besten nicht auffallen, war eines ihrer Lebensmottos und dabei war es egal, ob im positiven oder negativen Sinne. Anne wusste aus Erfahrung, dass es am wenigstens anstrengend war, sich freundlich und zuvorkommend zu geben, zustimmend zu lächeln, und dabei so oft wie möglich die Ohren auf Durchzug zu stellen. Nur, wenn es um Katzen ging, hörte der Spaß auf. Da vertrat sie ihre Meinung mit einem Nachdruck, der so Manchen erstaunte. Katzen mussten gut behandelt werden, von allem und jedem! Und wehe, jemand in ihrer Umgebung äußerte eine andere Meinung.

*

Im Laufe der Zeit wurde Anne immer unzufriedener, warum nur lebte sie ein Leben, dass sie eigentlich gar nicht wollte? Ihr Beruf langweilte sie schon seit langem und sie konnte außerdem nicht viel Sinn darin erkennen. Bestenfalls half sie ihren diversen Chefs ein gutes Einkommen zu bekommen. Um ihre Situation zu verbessern, hatte sie in den letzten 20 Jahren verschiedene Anstellungen angenommen. Sie war ohne Frage gut in ihrem Job, aber mit ihrem Herzen nicht dabei. Ein Teil ihres Gehalts spendete sie unterschiedlichen Katzenhilfsorganisationen, um wenigstens ein wenig das Gefühl zu haben ihre eigentliche Bestimmung auszuleben.

Sie begann nun immer öfter, ihr derzeitiges Leben in Frage zu stellen. Warum war sie eigentlich Rechtsanwaltsgehilfin geworden? Damals erschien es ihr richtig, auch wenn dieser Beruf nicht ihr Traumjob war. Sie wäre viel lieber Tierarzthelferin, aber mit einem höheren Schulabschluss war sie für diese Ausbildung anscheinend überqualifiziert, die Tierärzte, bei denen sie sich vorgestellt hatte, schienen zu befürchten, sie würde nach erfolgreicher Ausbildung abspringen und selbst Tiermedizin studieren. Es war Anne nicht gelungen, sie davon zu überzeugen, dass ein Studium für sie gar nicht in Frage kommt, das hätte sie sich überhaupt nicht zugetraut. Entmutigt hatte sie sich damals auf dem Lehrstellenmarkt umgeschaut und festgestellt, dass eine Ausbildung zur Rechtsanwaltsgehilfin das Einzige noch mögliche war und deshalb befand sie sich nun in dieser unbefriedigenden Lebenssituation.

Dumm gelaufen, war ihr eigene Meinung dazu an guten Tagen.

An weniger guten Tagen hatte sie manchmal keine Lust sich morgens aus dem Bett zu quälen und ins Büro zu gehen. Und es wurde schlimmer. Anne begann sich krank zu melden, um ihrem ungeliebten Berufsalltag zu entkommen. Selbst ihr war klar, das konnte keine Lösung auf Dauer sein.

Sie dachte nach und kam zu einer Schlussfolgerung: *Wenn ich meinen Job schon so langweilig finde, brauche ich einen spannenden Ausgleich, irgendetwas, das mich interessiert und am besten auch noch fasziniert.*

Da kam diese E-Mail gerade recht. Eine an sich völlig harmlose E-Mail von einer unbekannten Absenderin. Jedenfalls hatte Anne noch nie von ihr gehört. Sie stellte sich als entfernt verwandte Cousine zweiten Grades vor und bat Anne um persönliche Auskünfte mit der Begründung, dass ihr Enkelkind sich zum Geburtstag einen Stammbaum seiner kompletten Familie wünsche. Das an sich war schon merkwürdig, fand Anne, wieso hatte sie überhaupt eine Cousine zweiten Grades von einem Familienzweig, der ihr selbst völlig unbekannt war und auch in ihrer eigenen Familie niemals erwähnt wurde und wieso hatte diese Cousine schon ein Enkelkind? Anne ärgerte sich, dass diese Mail nicht sofort von ihrem Webanbieter als Spam erkannt worden war und verfrachtete sie höchstpersönlich in den Spamfolder.

Das war´s dann, dachte sie.

Aber nein, bereits zwei Tage später kam eine weitere email von Felicitas, der angeblichen Cousine, und wieder überwand sie Annes Spamfilter. Diese Felicitas war hartnäckig und betont freundlich, immerhin wollte sie etwas, wenn auch nur Informationen über Annes Familienverhältnisse.

*

Manchmal, wenn Anne nachts nicht schlafen konnte, stellte sie sich vor, sie würde an einem Ort leben, wo alle Menschen Katzen genauso liebten wie sie selbst. Mehr noch, wo Katzen verehrt wurden. Warum war sie nur in diesem Zeitalter geboren worden? Das alte Ägypten hätte doch so sehr viel besser zu ihr gepasst. Das alte Ägypten und die Katzen! Es gab Katzenpriester, die sich um das Wohl der Katzen kümmerten und eigene Heilungszauber für den Fall, dass eine Katze krank wurde. Katzen hatten eine sehr besondere Stellung, wurden als heilig betrachtet und beschützt. Vielleicht war der Ursprung des Katzenkults im alten Ägypten nur die Erkenntnis, dass Katzen halfen das kostbare Getreide vor Mäusen und Ratten zu schützen, das Ergebnis jedoch waren paradiesische Lebensumstände für Katzen. Und genau das war ja Annes größter Wunsch: ein Paradies für Katzen zu erschaffen.

Ihr derzeitiges Leben sah allerdings anders aus: arbeiten gehen, den Garten verschönern und sich um ihre beiden Katzen kümmern. Aus diesem Grund war das Auftauchen von Felicitas, der angeblichen Cousine zweiten Grades, zwar merkwürdig, aber irgendwie auch eine willkommene Abwechslung, obwohl - wie spätere Nachforschungen ihrerseits ergaben - es tatsächlich eine gefakte Spam-Mail war, mit der ihr wohl nur Geld abgeknöpft werden sollte. Doch Anne hatte durch diese „Felicitas" neue Gedankenanregungen bekommen und war dafür fast dankbar: Felicitas wollte ja angeblich für ihren Enkel einen Stammbaum der Familie erstellen und was wäre, wenn dabei herauskäme, dass Anne ägyptische Vorfahren hatte? Vielleicht gab es sogar einen Katzenpriester in ihrer Familie und sie hatte deswegen einen so guten Draht zu diesen Tieren?

Obwohl, so schön das auch klingt, aber was hat das mit mir zu tun, wenn einer meiner Urururururvorfahren Katzenpriester im alten Ägypten gewesen ist? Viel besser wäre es doch, wenn meine Katzenliebe etwas Persönliches ist und ich selbst irgendwann in der Vergangenheit eine besondere Rolle für Katzen gespielt habe!

Um sich solchen Phantasien hinzugeben, waren Schlafstörungen gut und so manches Mal, wenn

Anne mitten in der Nacht aufwachte und erst Stunden später wieder einschlafen konnte, spann sie diesen Faden weiter.

Angenommen, ich liebe Katzen deshalb, weil das schon immer so gewesen ist. Ich bin quasi eine reinkarnierte Katzenliebhaberin und in jedem meiner bisherigen Leben haben Katzen eine wichtige Rolle gespielt. Vielleicht habe ich tatsächlich irgendwann einmal im alten Ägypten mitten im Katzenkult gelebt oder vielleicht war ich eine Königin mit vielen Schlosskatzen oder habe gar einmal in Afrika gelebt, inmitten von Großkatzen? Und was wäre, wenn ich selbst einmal eine Katze gewesen bin?

Anne hatte sich bereits einen Stapel Bücher über die Theorien der Reinkarnation besorgt und einige Verfasser schlossen immerhin nicht aus, dass heutige Menschen in einem ihrer vorherigen Leben Pflanzen oder Tiere gewesen sind. Anne wollte genau diesen Autoren Glauben schenken und versuchte sich im Laufe der nächsten Wochen möglichst umfassend darüber zu informieren. Dem Internet sei Dank: es gelang ihr viele verschiedene Berichte zu diesem Thema zu finden, bis hin zu Aussagen von angeblich medial begabten Menschen, durch die sich göttliche Weisheiten manifestierten. Nun ja, das klang selbst für Anne zu unglaubwürdig , sie interessierte sich mehr für die Erlebnisberichte von Menschen, denen es gelungen war durch Raum und Zeit zurückzureisen und die Erinnerungen vergangener Leben anzuzapfen.

Nachdem sie genügend recherchiert hatte, fasste sie einen Entschluss: sie wollte etwas über ihre vergangenen Leben erfahren, so weit vorhanden.

*

Anne war sich im Klaren darüber, dass sie das kaum selbst schaffen konnte und suchte sich deshalb im Internet eine Reinkarnationstherapeutin heraus, die erstens schon einige gute Bewertungen von „Zurückreisenden" erhalten hatte und zweitens nicht weit entfernt von Annes Wohnort praktizierte. Es war einfacher als gedacht einen Termin auszumachen. Anne rief dafür in dieser Praxis an, ein persönlicher Kontakt erschien ihr sicherer als eine simple online-Buchung. Die Frau am anderen Ende der Leitung hatte eine angenehme Stimme und ob nun eine Vorzimmerdame oder die Therapeutin selbst antwortete, war unwichtig, denn sie bekam schon in zwei Wochen einen Termin.

Vielleicht gibt es keine große Nachfrage oder vielleicht ist etwas anderes nicht optimal in dieser Praxis? Oder es ist vielen Leuten einfach zu teuer eine Rückführung zu bezahlen oder sie wollen sich nicht die Mühe machen etwas über ihre Vergangenheit herauszufinden? Das kann mir eigent-

lich egal sein, Hauptsache, ich muss nicht so lange warten, war Annes Meinung dazu.

Dann war es endlich so weit, die letzten zwei Wochen waren schleichend langsam vergangen und der Tag, den Anne mit Neugierde und Nervosität herbeigesehnt hatte, war da. Der Ort, an dem sie etwas über ihre Reinkarnationen herausfinden wollte, erwies sich allerdings als wenig geheimnisvoll, denn die Einrichtung war eher praktisch als mystisch. Ein kleiner Flur mit einer Wandgarderobe führte links zu einem kleinen Badezimmer und rechts direkt zu dem eigentlichen Praxiszimmer. Dieses Zimmer war nur spärlich möbliert, ein altertümlicher Holzstuhl mit Handlehnen und verziertem Sitzpolster stand einem sehr viel bequemeren, dunkelblauen Sessel mit Kopfstütze und Armstützen gegenüber, letzterer war wohl für die Klientin gedacht.

Anne dachte sich, *auf diese Weise ist die Reinkarnationstherapeutin nicht in Gefahr einzuschlafen, denn der Holzstuhl sieht nicht allzu gemütlich aus, dagegen können sich Ratsuchende in dem blauen Sessel völlig entspannen.*

Ansonsten gab es nur noch einen kleinen hölzernen Sekretär an der Wand links neben der Zimmertür mit einem dazugehörigen Holzstuhl und an den beiden Fenstern, die bis zum Boden reichten, waren schlichte mittelbraune Vorhänge zugezogen. Weitere dekorative Elemente suchte Anne vergeblich in diesem Raum, ebenso wie eine Vorzimmersekretärin, *denn wo kein Vorzimmer, da auch keine Vorzimmerdame.*

Die Frau in den Fünfzigern, die ihr die Tür geöffnet und sie willkommen geheißen hatte, sah ebenfalls wenig geheimnisvoll aus. Sie war ziemlich schlank (wie Anne neidvoll feststellte) mit halblangen hennaroten Haaren und trug zur Jeans eine lila Tunika, deren Farbe sich nicht mit ihrer Haarfarbe vertrug, was ihr aber offensichtlich völlig egal war. Sie vermittelte überhaupt den Eindruck, als wäre ihr so einiges völlig egal und verlangte sofort, nachdem Anne eingetreten war, die Bezahlung für die Sitzung, die noch gar nicht begonnen hatte.

Vielleicht hat sie schlechte Erfahrungen gemacht, dachte sich Anne, *und hat vielleicht schon so viele vergangene Leben mit anhören müssen, dass ihr eigenes, derzeitiges relativiert worden war und sie sich nur noch auf das Notwendigste konzentrierte. Geld zu verdienen schien jedenfalls dazu zu gehören.*

Anne hoffte, dass ihr eigenes Leben nicht so entzaubert werden würde und kam vorsichtshalber sofort auf ihr Anliegen zu sprechen: „Ja, also, warum ich hier bin, ich möchte gern herausfinden welche Beziehung ich in meinen bisherigen Leben zu Katzen hatte."

Die Therapeutin, die sich als „Gundula" und „nur Gundula" vorgestellt hatte, lächelte leicht: „Es ist schön, dass Sie wissen, was sie wollen. Trotzdem sollten wir froh sein, wenn Sie überhaupt Zugang zu einem Pastlife finden."

Aha. Anne fühlte sich schlagartig enttäuscht und diese Enttäuschung konnte man ihr anscheinend ansehen, denn Gundula-ohne-Nachnamen beschwichtigte: „Das wird schon. Am besten fangen wir gleich an."

Mit diesen Worten bat sie ihre Klientin auf dem bequemen Sessel Platz zu nehmen, während sie sich ihr gegenüber setzte und einen Notizblock und einen Kugelschreiber zückte. „Und nun schließen Sie Ihre Augen und entspannen Sie sich. Was immer ich von jetzt an sagen werde, wird Sie nur mehr und mehr entspannen. Ihr Körper fühlt sich so angenehm und entspannt an und Sie genießen diese Entspannung....."

So und noch weiter führte Gundula Anne tatsächlich in eine angenehme körperliche Entspannung. Anne konnte sich hinterher kaum erinnern, wann sie sich zum letzten Mal so gut gefühlt hatte. Und während Anne diese Entspannung genoss, half ihr die Reinkarnationstherapeutin mit ruhiger Stimme sich schöne innere Bilder vorzustellen. Wie sie ihr hinterher erklärte, sollte das dazu dienen, ihre Vorstellungsfähigkeit zu trainieren, damit sie bald alleine agieren und sich bildhaft an vergangene Leben erinnern konnte. Anne fand diese

Erklärung einleuchtend und war gern bereit, weitere Termine auszumachen, zwei pro Woche.

Im Laufe des folgenden Monats fanden acht Trainingstermine statt. Anne fühlte sich entspannt wie lange nicht mehr und konnte sich von jetzt auf gleich in ihrer Vorstellung zu einem real bekannten Lieblingsort beamen. Das war es dann aber auch schon. Langsam wurde sie ungeduldig, Entspannung hin oder her, das war auf Dauer doch etwas kostspielig. Abgesehen davon hatte sie in der Praxis von Gundula ohne Nachnamen noch nie andere Klienten angetroffen und seltsamerweise gab es auch kein Praxisschild vor der Haustür, so dass Anne den Nachnamen von Gundula tatsächlich nicht kannte, aber auch keine Lust hatte, danach zu fragen, das kam ihr albern vor.

Bei einem der darauf folgenden Treffen war es endlich so weit, Gundula empfing sie mit den Worten: „Ich glaube, Sie haben nun genug Fortschritte gemacht und wir können heute beginnen, Sie in ihrem Leben zurückzuführen."

Anne fühlte sich gelobt wie eine eifrige Erstklässlerin und lächelte erfreut.

In dieser Sitzung bat Gundula ihre Klientin sich einen Weg vorzustellen mit Steinen am Wegesrand, die absteigend nummeriert waren, die erste Zahl war eine 39, Annes Alter und langsam ging sie in ihrer Vorstellung den Weg entlang und passierte alle Zahlen bis sie bei 1 angekommen war.

Hinter der 1 versperrte ein steinerner Torbogen mit einer massiven Holztür den Weg. Die Tür war geschlossen und besaß ein großes Schlüsselloch ohne Schlüssel. Die Stimme der Therapeutin erklärte Anne, dass diese Tür den Zeitpunkt ihrer Geburt symbolisierte und dahinter das Leben lag, das sie vor diesem geführt hatte.

Mit dieser Information holte sie Anne aus der tiefen Entspannung zurück. „Wenn es Ihnen gelingt, durch diese Tür hindurch zu gehen, werden Sie Erstaunliches erleben. Um diese Tür zu öffnen, brauchen Sie allerdings den passenden Schlüssel und den zu finden, bleibt allein Ihnen überlassen. Kommen sie wieder, wenn Sie ihn haben", sprach Gundula ohne Nachnamen und schob die verdutzte Anne zur Tür hinaus.

Anne war nun wirklich verwirrt und steuerte das nächste Café an. Bei einem großen Milchkaffee versuchte sie ihre Gedanken zu ordnen. Zuerst hatte sie eine Reinkarnationstherapeutin aufgesucht, um etwas über ihre vorherigen Leben und ihre Liebe zu Katzen herauszufinden. Soweit so gut. Dann hatte sie dieser Frau nicht wenig Geld dafür bezahlt, um sich zu entspannen und schöne Bilder in ihrem Inneren entstehen zu lassen. Und jetzt endlich, wo es darum ging mit ihrem Wunsch weiterzukommen, wurde sie allein gelassen mit der Aufforderung im realen Leben einen Schlüssel zu finden, der ihr den Zugang zu den Erinnerungen eines vorherigen Lebens ermöglichen sollte! Und nicht zu vergessen, dieser reale Schlüssel wurde benötigt, um eine Tür in ihrer Vorstellung aufzuschließen! An diesem Punkt ihrer Überlegungen angekommen, fühlte sich Anne grundlegend reingelegt.

Wahrscheinlich hatte diese Gundula ohne Nachnamen und ohne Praxisschild überhaupt keine Ahnung von Rückführungen und suchte nur Dumme, die bereit waren, ihren Lebensunterhalt zu finanzieren.

Nach einer zweiten Tasse Kaffee war Anne richtig wütend und beschloss ihre sogenannte „Reinkarnationstherapeutin" zur Rede zu stellen, aber nicht ohne zuvor eine vernichtende Kritik bei deren Interneteintrag zu hinterlassen und das am besten sofort. Sie wollte andere naive Mitmenschen vor dem gleichen Fehler bewahren, nämlich Gundula aufzusuchen.

Anne zog ihr Smartphone heraus und gab in der Suchmaschine "geeignete Reinkarnationstherapeutin gesucht" ein, zusammen mit ihrem Wohnort, so hatte sie Gundula mitsamt deren positiven Feedbacks schließlich das erste Mal gefunden. Und nein, sie hatte diese Internetadresse nicht abgespeichert und plötzlich fiel ihr auf, dass sie auch keine Visitenkarte von Gundula bekommen hatte. *Das ist aber eigentlich egal, denn das Internet vergisst nie.* So dachte Anne jedenfalls bis zu diesem

Augenblick, die Suchmaschine zeigte ein paar Einträge an, aber keinen, der zu Gundula ohne Nachnamen passte.

Vielleicht wurde ihre Website gerade überarbeitet und war offline?

Nun gut, Anne hatte Gundula ja verschiedene Male angerufen und diese Nummer war in ihrem Smartphone gespeichert. Seufzend griff Anne zum Handy und wählte Gundulas Praxisnummer. Mit einer lauten Melodie wurde sie darüber informiert, dass es keinen Anschluss unter dieser Nummer gab.

Wie bitte?

Wahrscheinlich hatte sie die Nummer falsch gewählt und versuchte es noch einmal, mit demselben Ergebnis.

Das wird immer mysteriöser, fand Anne, aber sie fühlte sich immer noch schlecht behandelt und beschloss bei einer weiteren Tasse Milchkaffee diese Angelegenheit persönlich zu klären, denn sie befand sich schließlich noch nicht weit von der Praxis entfernt. Anne bezahlte ihre Kaffees und ging in die Richtung zurück, aus der sie vor knapp zwei Stunden gekommen war.

Merkwürdig, neben dem Hauseingang prangte ein neues buntes Schild, das auf eine Import-Exportfirma hinwies, die sich im Haus befand. Dieses Schild hatte Anne vorher noch nie gesehen oder eher noch nie beachtet, obwohl es doch - so bunt wie es war - ins Auge stach. Die Haustür war nur angelehnt und Anne stieg in den dritten Stock hinauf, hier links befand sich Gundulas Praxis. Hier links befand sich aber jetzt ein genauso quietsch buntes Schild neben der Wohnungstür wie unten neben der Haustür. Vorsichtshalber schaute Anne in der Mitte des Treppenhauses hinunter und zählte die Stockwerke nach. Sie war tatsächlich im dritten Stock. Hinter dieser Wohnungstür klang Schreibmaschinengeklapper nach draußen.

Vielleicht hat Gundula eingesehen, dass sie gar keine Rückführungen machen kann und hat ihren Job gewechselt? Das wäre eine gute Idee, fand Anne und klopfte an.

Eine japanisch aussehende junge Frau öffnete und fragte höflich in perfektem Deutsch: „Ja, was kann ich für Sie tun?"

„Entschuldigen Sie die Störung, ich möchte dringend mit Gundula reden".

„Gundula?", die Japanerin machte einen ratlosen Eindruck, „wer soll das bitte sein?"

Das wurde ja immer schöner. Gundula ließ sich verleugnen!

„Hören Sie bitte, ich gehe hier erst wieder weg, wenn ich mit Gundula geredet habe", versicherte Anne hartnäckig.

Die Antwort der Japanerin gefiel ihr gar nicht. „Ich weiß nicht, wer Sie sind oder was Sie wollen, aber eines weiß ich mit Sicherheit, hier gibt es keine Gundula. Und wenn Sie wollen, können Sie sich gerne selbst davon überzeugen."

Mit diesen Worten trat die Asiatin von der Tür weg und hielt sie einladend auf. Anne ließ sich das nicht zweimal sagen und betrat die kleine Praxis oder was eine kleine Praxis gewesen war. Alles sah anders aus, die vorherige Einrichtung war komplett verschwunden und ersetzt worden durch zwei Schreibtische mit Computern. An einem dieser Schreibtische saß ein ebenfalls japanisch aussehender junger Mann, der Anne fragend anlächelte. Der restliche Platz im Raum war weitgehend mit nicht ausgepackten Warenkartons vollgestellt, die sich in Dreierreihen türmten. Mehr gab es hier nicht, wie Anne einsehen musste. Keine Gundula, kein Behandlungszimmer und schlimmer noch, keine einzige Spur von Gundula.

Anne fühlte sich schlagartig deprimiert, sie war reingelegt worden und hatte ziemlich viel Geld in den Sand gesetzt. *Ich dummes Schaf, mit mir kann man das ja machen!*

*

In der nächsten Zeit versuchte Anne so wenig wie möglich an Gundula und alles, was mit ihr zusammenhing, zu denken. Das gelang ihr mal besser und mal schlechter und eins ist sicher, ganz gelang ihr das nie. Sie konnte mittlerweile akzeptieren, dass sie einer Betrügerin auf den Leim gegangen war, aber anderseits, etwas hatte sie für ihr Geld doch bekommen: Zeit, Aufmerksamkeit und wunderschöne Stunden der Entspannung. So gesehen hätte es schlimmer sein können.

An diesem versöhnlichen Punkt angekommen, konnte Anne auch wieder an ihren ursprünglichen Wunsch denken: herauszufinden, warum sie Katzen so gern mochte und gleich danach stahl sich der fehlende Schlüssel zu dem imaginären Steintor in ihre Gedanken.

Was wäre, wenn ich ihn hätte? Was könnte ich damit machen? Und wie soll ich ihn finden?

Diese Fragen belästigten sie immer häufiger und die Katzenliebhaberin musste schließlich zugeben, dass sie den Schlüssel schon gern hätte. Doch leider werden nicht alle Wünsche erfüllt und dieser war offensichtlich einer davon. Es vergingen wieder einige Wochen und Anne kehrte zurück in ihren Alltag mit Job, Katzen und Garten. An Gundula ohne Nachnamen und den Schlüssel dachte sie so gut wie nicht mehr.

Aber dann geschah doch etwas.

An einem schönen Nachmittag im Spätsommer dieses Jahres kam sie von der Arbeit nach Hause und bemerkte zuerst, dass ihre Gartentür nur angelehnt war. Das war seltsam, denn eigentlich kam niemand in ihrer Abwesenheit in den Garten, der Briefkasten für den Postboten war vorne am Gartenzaun angebracht. Noch seltsamer fand sie den weißen, gefalteten Bogen Papier, der noch halb sichtbar war, der Rest befand sich unter ihrer Eingangstür und im Inneren des Hauses. Jemand hatte ihn dort hingesteckt. Stirnrunzelnd zog Anne den Zettel heraus, entfaltete ihn und las die beiden Zeilen, die mit Bleistift in ungelenker Handschrift darauf geschrieben worden waren: „Ich erfülle die Wünsche, die Sie nicht haben!" Gefolgt von einer ihr unbekannten Telefonnummer. Das war wirklich zu lächerlich. Ärgerlich zerknüllte Anne das Papier und stopfte es in ihre rechte Hosentasche.

Die Methoden Leute abzuzocken werden immer dreister. Wahrscheinlich hat es sich in einschlägigen Kreisen herumgesprochen, dass ich auf Gundula ohne Nachnamen auf den Leim gegangen bin und da denkt sich jemand, bei mir ist sicherlich noch mehr zu holen. Aber so naiv bin ich wirklich nicht!

Bis zur nächsten Hosenwäsche blieb der Zettel mit der seltsamen Mitteilung, wo er war. Als Anne ihn dann wieder in Händen hielt, las sie ihn noch einmal und erkannte, was sie von Anfang irritiert hatte. Sollte es nicht heißen „Ich erfülle Ihre Wünsche?" Egal, was damit gemeint war, ob ein Escortservice oder eine Tortenbäckerei. Dagegen war doch „Ich erfülle die Wünsche, die Sie nicht haben" der reinste Schwachsinn. Und überhaupt, wie sollte das eigentlich gehen? Leider war jetzt ihre Neugierde geweckt, Anne löste gerne Rätsel und mehr noch, sie konnte sich in die Lösung eines Rätsels verbeißen wie ein Terrier. Deshalb wollte sie genau dieses Rätsel ebenfalls lösen und zwar unbedingt und möglichst schnell. Tagelang dachte sie darüber nach, kam nicht dahinter und wurde immer ärgerlicher.

Vielleicht konnte man einen verneinten Wunsch formulieren? *„Ich will gar keinen Schlüssel haben?"* Nein, das war sicherlich zu einfach. Oder konnte sie ihren Wunsch irgendwie so formulieren, dass er als Nicht-Wunsch rüber kam? Nur wie? *„Ich wünsche mir alles außer einem Schlüssel?"* oder *„Ein bestimmter Schlüssel ist das letzte, was ich möchte?"* Alle Ideen fühlten sich nicht richtig an, sie kam einfach nicht dahinter und war schließlich so genervt, dass sie einen Arbeitskollegen nach der Lösung des Rätsels fragte.

„Oliver, was sagst Du dazu? Ich erfülle die Wünsche, die Sie nicht haben? Was denkst Du könnte man damit meinen?"

Oliver hatte sofort eine Antwort: „Ganz einfach, ich würde die Wünsche meiner Frau angeben, denn das sind nicht meine eigenen."

Anne war sehr beeindruckt, natürlich, das war des Rätsels Lösung! Sie hatte zwar weder eine Frau noch einen Mann, aber doch einige gute Bekannte und Freunde, die sie dabei um Hilfe bitten konnte.

Ihre Wahl fiel auf Susanne, eine alte Schulfreundin, die nicht weit weg wohnte und immer für einen Spaß zu haben war. Um nicht als komisch zu gelten, dachte sich Anne eine möglichst glaubhafte Geschichte aus und verabredete sich mit Susanne für einen der nächsten Abende in der Pizzeria um die Ecke. Susanne war pünktlich. Nach einer ausführlichen Begrüßung und dem Austauschen der letzten Neuigkeiten aus ihrem Bekanntenkreis kam Anne auf ihr Anliegen zu sprechen.

„Es gibt da einen philosophischen Wettbewerb mit einem kniffligen Rätsel, an dem ich gerne teilnehmen möchte. Dazu brauche ich aber jemanden, der mir hilft."

Und sie erzählte eine Geschichte, die teils erfunden war und teils der Wahrheit entsprach.

„Es ist wie eine moderne Schnitzeljagd, man muss einen Schlüssel finden und da gibt es jemand, der einem sagt, wo er ist. Ich habe seine Telefonnummer, darf aber keinen Fehler machen bei der Lösung des Rätsels, denn ich habe nur einen Versuch."

Sie wusste nicht, warum sie sich dessen so sicher war, aber genauso fühlte es sich an. Und sie erzählte von dem Spruch „Ich erfülle die Wünsche, die Sie nicht haben" und ihre Mühe, herauszufinden, was damit gemeint sein könnte. Und auch, dass ihr Arbeitskollege ihr bei der Lösung des Rätsels geholfen hatte. Um Susanne zur Mithilfe zu motivieren erfand Anne noch schnell einige antike Goldmünzen, die jeder, der bei diesem Wettbewerb mitmachte und der das Rätsel richtig löste, gewinnen konnte.

Etwas schuldbewusst dachte sie bei sich, *ich kann schließlich nichts dafür, wenn ich nicht die glückliche Gewinnerin der nicht existierenden Goldmünzen bin.*

Ihre ehemalige Schulfreundin, die gerade genüsslich eine Thunfisch-Pizza verspeiste, war jedoch sofort bereit, bei diesem Rätsel mitzumachen. Da die Pizzeria mittlerweile gut besucht und der Geräuschpegel in dem Restaurant dementsprechend hoch war, bat Anne Susanne, sie am nächsten Wochenende zu Hause zu besuchen, um dann in Ruhe diesen wichtigen Anruf zu tätigen. Und auch damit war Susanne einverstanden, zumal Anne versprach einen ihrer berühmten Streuselkuchen zu backen.

Am darauffolgenden Samstag stand Susanne bei Anne vor der Tür, der gedeckte Kaffeetisch wartete schon im Wohnzimmer auf die beiden Frauen, genauso wie der Hörer des drahtlosen Telefons und der Zettel mit dem Spruch und der Telefonnummer. Weil Anne es kaum mehr aushielt, bat sie ihre Freundin sofort anzurufen und die war damit einverstanden. Mit einem Notizblock und einem Kugelschreiber ausgerüstet, wählte Susanne die

Nummer auf dem Zettel. Nach mehrmaligem Klingeln wurde abgehoben.

Susanne hatte das Telefon auf „laut" gestellt, damit Anne mithören konnte: „Hallo? Wer ist da?", fragte eine schnarrende Stimme. Es war an dieser Stimme nicht auszumachen, ob es sich um einen Mann oder eine Frau handelte.

„Schönen guten Tag, ich rufe wegen des Rätsels an."

„Wovon sprechen Sie? Welches Rätsel?", wollte die Stimme aus dem Telefon ungeduldig wissen.

Susanne war irritiert. „Na, Sie wissen schon, das mit dem *ich erfülle die Wünsche, die Sie gar nicht haben*. Meine Freundin Anne hat des Rätsels Lösung gefunden und deshalb rufe ich an."

Ihr Gesprächspartner schwieg eine Zeitlang. Gerade als Susanne wieder auflegen wollte, meinte er unfreundlich „und weiter?"

„Ja, also", stammelte Susanne, „ich möchte, dass sie die Wünsche meiner Freundin Anne erfüllen, denn das sind ja nicht meine. Ihr größter Wunsch ist übrigens ein Schlüssel zu einem Steintor." Sie hörten gerade noch ein Klicken, als die Telefonverbindung unterbrochen wurde.

Susanne konnte es nicht glauben und rief erbost und erfolglos „Hallo, hören Sie mich?" in den Telefonhörer.

„Sag mal, Anne, was war das denn? Wieso ist dieser Mensch so unfreundlich? Haben die keine besseren Mitarbeiter?"

Anne, die genauso überrascht war, lieferte schnell eine glaubhaft Erklärung: „Weißt Du, ich habe vergessen zu erwähnen, dass es sich um ein Mystery-Rätsel handelt. Wahrscheinlich gehört das alles dazu, damit es glaubhafter wirkt."

Und tatsächlich, Susanne glaubte ihr und ließ sich den Rest des Streuselkuchens einpacken, denn sie fand, sie hätte eine Belohnung verdient.

Danach passierte erst mal nichts Außergewöhnliches mehr.

Das einzig Erwähnenswerte war eine weitere email von Felicitas, der angeblichen Cousine, die sich offensichtlich immer noch in Annes Leben drängen wollte. Diesmal schrieb sie ein Loblied auf ihre Familie und Familie im Allgemeinen, auf den wunderbaren Zusammenhalt und die Unterstützung, die sich Familienmitglieder normalerweise gewähren. Anne verdrehte die Augen beim Lesen dieser email, diese Frau war wirklich zu dämlich, als ob sie auf so etwas reinfallen würde! Kommentarlos löschte sie die Nachricht.

Erst als Anne eigentlich nicht mehr an Gundula-ohne-Nachnamen und alles, was damit zusammenhing dachte, geschah etwas Ungewöhnliches: Sie bekam eines Spätnachmittages per Kurier einen wattierten Umschlag persönlich zugestellt. Anne konnte sich nicht daran erinnern, dass so etwas schon einmal geschehen wäre, es musste also wichtig sein. Neugierig betrachtete sie den Umschlag, ein auf der Rückseite aufgedruckter Stempel, der den Absender angab, war leider verwischt und somit unleserlich. Vorsichtig betastete sie den Inhalt der Sendung von außen und konnte einen flachen, länglichen Gegenstand erfühlen. Jetzt hielt sie es nicht mehr aus, sie riss den Umschlag auf und heraus fiel ein Schlüssel. Ein ganz normaler, altertümlicher Schlüssel mit Schlüsselbart und einem Loch im oberen Ende. Sonst war nichts weiter im Umschlag, keine Nachricht und keine Mitteilung für was oder wen dieser Schlüssel bestimmt war. Ratlos hängte Anne ihn an das Schlüsselbord im Flur zu ihren anderen Schlüsseln und dachte jedes Mal im Vorbeigehen darüber nach, was es mit diesem Schlüssel auf sich haben könnte.

Gut, ich habe mir noch vor ein paar Wochen einen Schlüssel für ein vorgestelltes Steintor gewünscht. Dieses Steintor, zu dem mich Gundula ohne Nachnamen geleitet hat und das angeblich die Grenze bildet zwischen der Geburt meines jetzigen Lebens und dem Leben, das ich vor diesem erlebt habe.

Das alles erschien ihr Millionen Lichtjahre her und war wirklich eine komische Idee. Trotzdem hatte sie nun einen Schlüssel zugestellt bekommen. Einen anderen Schlüssel hatte sie sich nie gewünscht. Und dann fiel ihr auch wieder ein, was Gundula zuletzt zu ihr gesagt hatte, wenn sie im Besitz des notwendigen Schlüssels wäre, sollte sie sich wieder melden. Aber wo melden? In den Praxisräumen ihrer ehemaligen Reinkarnationstherapeutin war mittlerweile diese asiatische Import-Exportfirma untergebracht, wie Anne wusste und die Telefonnummer von Gundula war abgemeldet. Trotzdem griff Anne aus einer Laune heraus zum Telefon und wählte Gundulas frühere Rufnummer.

Als wäre nichts gewesen, meldete sich eine ihr bekannte Frauenstimme: „Hallo? Wie kann ich Ihnen helfen?" Vor Überraschung hätte Anne beinahe wieder aufgelegt und konnte sich gerade noch bremsen.

„Gundula?" fragte sie ungläubig.

„Ja? Wer spricht denn da?"

„Ich bin es, Anne und ich habe jetzt den Schlüssel", platzte sie heraus.

Und auch Gundula-ohne-Nachnamen tat, als wäre sie nie verschwunden gewesen: „Anne! Ja gut, lass uns gleich einen Termin für nächste Woche vereinbaren und bring auf alle Fälle diesen Schlüssel mit."

Sie nannte ein Datum und eine Uhrzeit und erwähnte nicht extra, wo der Termin stattfinden sollte, es war komischerweise vollkommen klar, dass Anne wie vorher zu der gleichen Adresse kommen

sollte. Als Anne einige Tage später zu dem verein-
barten Termin kam, war die Praxis tatsächlich wieder vorhanden und sah genauso aus wie vorher.
Als wäre sie nie weg gewesen und es gab keine
Spur mehr von einem asiatischen Büro.

Die Reinkarnationssitzung konnte beginnen.
Den Schlüssel hatte Gundula in die Mitte eines
kleinen runden Tischchens gelegt, neben einen
großen bläulich schimmernden Mineralstein, der,
wie sie erklärte, als Medium diente zwischen der
realen Welt und der Welt der Imagination.

Wie immer bat sie Anne auf dem bequemeren
Sessel Platz zu nehmen, die Augen zu schließen
und sich zu entspannen. Mit ruhiger einschläfern-
der Stimme begleitete die Therapeutin Anne zuerst
in eine körperliche Entspannung, die bald zu einer
geistigen Entspannung führte. Bereitwillig folgte
Anne in ihrer Vorstellung den bunten Bildern, die
Gundula vorgab, bis sie sich wieder auf dem Weg
mit den daneben aufgestellten rückwärts numme-
rierten Steinen befand, die ihr abnehmendes Le-
bensalter angaben. Sie führten sie zu dem ver-
schlossenen Steintor, das den Tag ihrer Geburt
dieses Lebens symbolisierte und an dieser Stelle
angelangt, bat Gundula ohne Nachnamen ihre Klientin sich vorzustellen, wie der Schlüssel, der real
auf dem kleinen Tischchen neben ihnen Beiden
lag, in ihre Imaginationswelt transportiert wurde,
um dort das Steintor aufzuschließen. Tatsächlich

geschah genau das. Einen blauen Schweif nach sich ziehend – der wohl von dem esoterischen Mineral her stammte – sah Anne einen Schlüssel, der dem Wirklichen zum Verwechseln ähnlich war, in ihre Vorstellung hinein fliegen. Das Ende seiner Flugbahn war das Schlüsselloch in dem Steintor, zielsicher fand der Schlüssel in das Schlüsselloch hinein. Natürlich passte er.

Mit eindringlicher Stimme bat Gundula Anne in ihrer eigenen Zeit, wenn sie sich dazu bereit fühle, den Schlüssel herumzudrehen und das Tor zu öffnen. Anne stockte der Atem und Zweifel überfielen sie.

Soll ich wirklich? Bin ich bereit für ein Abenteuer? Oder ist mein Leben nicht schön, sie wie es ist und kann zu viel Wissen nicht gefährlich sein? Sie nahm all ihren Mut zusammen, drehte den Schlüssel im Uhrzeigersinn und das Tor schwang sofort lautlos nach außen auf. Es gab die Sicht frei auf einen mit Schlaglöchern übersäten Feldweg, weiter weg auf beiden Seiten befanden sich graue, runde Hügel und hier und da war ein einsamer Baum zu sehen. Gundula forderte Anne auf, loszugehen und eines ihrer vorangegangenen Leben zu erforschen. Anne folgte dieser Aufforderung. Der Feldweg führte zuerst einen Hügel hinauf und an dessen oberster Stelle angekommen, konnte Anne sehen, dass er auf der anderen Seite wieder sanft hinunter führte. Weiter unten direkt an diesem Weg befand sich ein Dorf. Links neben dem Weg lag ein kleiner Teich. Weit und breit waren keine Menschen zu sehen, aber von einigen Feuerstellen des Dorfes stiegen kleine Rauchwolken in den ansonsten blauen Himmel hinauf, denn es schien ein kühler Herbsttag zu sein. Es waren nur einige Häuser zu sehen, die alle etwas entfernt voneinander standen und jedes einzelne war von einem größeren Grundstück umschlossen.

Bevor Anne weitergehen konnte, forderte Gundula sie auf, an sich herabzublicken und ihre eigene Figur in diesem Past-Life laut zu beschreiben. Anne folgte ihrer Anweisung: „Wenn ich an mir herunterblicke, sehe ich braune, weite Hosenbeine aus grobem Stoff und große mittelbraune Lederschuhe. Komischerweise schauen diese Schuhe eher aus wie Männerschuhe.“
Gundula wies sie an zu dem kleinen Teich zu gehen und ihr Spiegelbild zu betrachten. Als Anne das tat, staunte sie nicht schlecht. Ihr Ebenbild auf der zittrigen Wasseroberfläche zeigte einen jüngeren Mann mit halblangen braunen Haaren und dunklen Augen. Trotzdem konnte sie fühlen, dass das sie selbst war. Dieser Mann war sie. Verwirrt berichtete sie ihrer Therapeutin davon, doch diese war davon wenig beeindruckt. Sie fand das nicht ungewöhnlich, denn warum sollte eine Frau in diesem Leben schon immer eine Frau gewesen sein?

Das konnte Anne nachvollziehen und setzte als der Mann, der sie gerade war, ihren Weg fort.

Bald gelangte sie an den Rand des kleinen Dorfes und jetzt konnte sie sehen, dass sich auf dem Dorfplatz sehr wohl einige Menschen aufhielten. Der Feldweg führte geradewegs durch die Häuseransammlung hindurch und auf der anderen Seite wieder hinaus und Anne lenkte ihre Füße in den Männerschuhen in diese Richtung. Die kleinen Häuser, die von dem jeweiligen Nachbarhaus getrennt waren durch einen Nutzgarten oder ein Feld, das sie umgab, waren mit Stroh gedeckt, es gab keine Anzeichen von moderner Technik zu sehen.

Klar, Anne hätte beinahe vor Nervosität gekichert: *„Kein Wunder, ich bin ja irgendwo in der Vergangenheit….“* und erreichte mit diesem Gedanken den kleinen Marktplatz in der Mitte des Dorfes. Hier waren ein paar einfache Marktstände aufgebaut und einige Frauen und Männer in rustikaler Kleidung in Naturfarben waren damit beschäftigt Feldfrüchte zu verkaufen oder zu begutachten. Rechts des Weges beschlug ein Hufschmied ein schwarzes, robust gebautes Pferd. Er sah kurz auf als Anne in seine Nähe kam und grüßte: „Na Eugen, gibst Du uns auch mal wieder die Ehre?“. Es dauerte einen Augenblick, bis Anne einfiel, dass er sie meinte und sie Eugen war. Leider fiel ihr keine passende Antwort ein, aber der Hufschmied war schon wieder mit seiner Arbeit beschäftigt und schien auch keine erwartet zu haben. Eugen war anscheinend als nicht sehr gesprächig bekannt. Diesen Eindruck bestätigten auch die anderen Anwesenden, manche nickten nur freundlich und andere beachteten ihn gar nicht und niemand wollte ihn in ein Gespräch verwickeln. In dem Dorf liefen ein paar mittelgroße braune Hunde frei zwischen den Marktständen herum, doch leider konnte Anne keine einzige Katze entdecken.

Gundula forderte sie nun auf, das Dorf zu verlassen und ihr eigenes Zuhause aufzusuchen. Bevor Anne nach dem Weg dorthin fragen konnte, fügte Gundula-ohne-Nachnamen noch dazu, Eugen werde ja wohl wissen, wo er wohnt, oder nicht? Diese Frage erschien Eugen-Anne einleuchtend, Anne entspannte sich und ließ Eugen machen. Und tatsächlich lief der junge Mann zielstrebig in eine bestimmte Richtung. Nach einigen Minuten verließ er den relativ breiten Feldweg und bog nach rechts ab in einen kleineren Pfad, der zu einem Waldstück führte. Bald umschlossen den Wanderer hohe Tannen und der Pfad wurde immer schmaler. Nach einer gefühlten Ewigkeit schob Eugen ein paar tiefhängende Tannenzweige zur Seite und es kam eine kleine Hütte zum Vorschein, die sich kaum von ihrer natürlichen Umgebung abhob. Prüfend sah sich Eugen um, bevor er seine Behausung betrat, die einfache Eingangstür war aus grobem Holz gezimmert und knarrte beim Öffnen. Sie führte in den einzigen Raum der Hütte, Anne konnte weder eine Küche noch ein Badezimmer entdecken. In der linken hinteren Ecke, der Eingangstür gegenüber, stand ein aus Baumstämmen selbst gezimmertes Bett, das mit einem Tierfell bedeckt war. Eugen als Anne hätte es kategorisch abgelehnt, ein echtes Fell zu besitzen, aber gerade jetzt war Anne Gast in Eugens Leben und allem, was damit zusammenhing. Sie tat sich immer noch schwer mit dem Gedanken selbst Eugen zu sein, ein Mann, der vor vielen Jahren gelebt hatte. Bevor Anne sich mit derartigen Überlegungen noch mehr verwirren konnte, hörte sie aus der Ecke, wo das Bett stand, ein leises Miauen. Endlich, eine Katze!

Eugen schien sich über dieses Miauen nicht ganz so sehr zu freuen, denn sofort sagt er „pscht" und sah sich ängstlich um. Als er sich vergewissert hatte, dass niemand sonst in der Nähe war, zog er einen Korb, der aus Weiden geflochten war, aus der dunklen Zimmerecke unter dem Bett hervor. Er nahm das Tuch ab, das ihn bedeckte und betrachtete die Katzenfamilie, die sich darin befand, eine Kätzin mit ihren fünf Jungen, allesamt schwarz wie die Nacht. Die Gefühle, die Eugen dabei empfand, hauten Anne beinahe um. Es war eine intensive Mischung aus Freude und Zärtlichkeit, aber auch Angst und Besorgtheit.

Leise sprach er auf die Katzenmama ein: „Na, meine Schöne, bist Du brav gewesen und hast Du den Feldhasen, den ich Dir letztens mitbrachte, mit Deinen Kindern geteilt?"

Es schien, als würde die Katze ihm tatsächlich zuhören und auch ihre ein paar Wochen alte Babies erweckten den Eindruck mit bereits geöffneten, runden Augen konzentriert zu lauschen. Hier war sie endlich, die Liebe zu Katzen, die Anne, seit sie denken konnte, empfand. Ungewöhnlich war, dass die ganze Katzenfamilie blaue Augen hatte. Anne kannte diese Augenfarbe eigentlich nur von Siamkatzen, bei schwarzen Katzen hatte sie so etwas noch nie gesehen.

Doch bevor sie sich länger darüber wundern konnte, sprach Eugen schon weiter zu der Katzenmutter: „Es tut mir leid, dass Du nicht mehr Freiheiten hast, aber Du weißt, wenn Dich jemand sieht, dann ist es aus mit Dir und Deinen Kindern. Nicht nur, dass sie alle keine Katzen leiden können und ihr wahrscheinlich zu den letzten gehört, die hier noch leben, ihr seid auch noch schwarz. In den Augen dieser dummen Menschen seid ihr Übermittler des Bösen. Noch weiß ich nicht, wie ich Euch hier herausbekommen kann, aber bis ich eine Lösung gefunden habe, dürft ihr euch auf keinen Fall draußen sehen lassen. Ansonsten kann ich nicht für euer Leben garantieren." Eugen deckte den Korb wieder zu und schob ihn in die dunkle Ecke zurück.

Noch bevor er irgendetwas anderes machen konnte, rief Gundula Anne zurück in die Gegenwart. Die Stunde war um. Und Anne hatte keine Ahnung, wie es weiterging mit Eugen und den Katzen und überhaupt, wie er das Leben dieser Katzen hatte retten können und das hatte er doch, oder? Gundula stellte ihrer Klientin noch ein paar Fragen zu dem Erlebten, wie es gewesen sei ein Mann zu sein und wie es gewesen sei sich selbst in einer vergangenen Zeit zu erleben. Anne antwortete zerstreut. Als die Reinkarnationstherapeutin sie fragte, welche Szene am emotionalsten war, antwortete Anne wie aus der Pistole geschossen: „Als Eugen sich um die Katzen kümmerte. Ich konnte seine Besorgnis sehr gut fühlen, denn er hatte Angst, dass er ihr Leben nicht retten kann. Ich muss unbedingt wissen, wie es weiterging."

Doch Gundula lächelte sparsam: „Wenn das so einfach wäre, wir können es das nächste Mal versuchen, aber es gibt keine Garantie dafür, dass Dich Dein Geist wieder genau in dieses Leben und zu dieser Begebenheit zurückführen wird. Wir können es nur versuchen."

Mit diesen Worten entließ sie Anne, die noch rasch einen weiteren Termin für nächste Woche vereinbaren konnte. Irgendwie hatte sie das Gefühl, dass Gundula-ohne-Nachnamen ihr diesen

Termin etwas widerwillig gab und fast hatte sie den Eindruck, als sollte sie gar keinen Termin mehr fordern, wenn es nach Gundula ginge. Aber Anne war nicht bereit jetzt aufzugeben, jetzt, da es eine Verbindung gab zu einem vergangenen Leben und ihrer Katzenliebe.

Ungeduldig wartete sie auf ihren nächsten Rückführungstermin. Um sich die Zeit zu verkürzen forschte sie im Internet nach, wie es Katzen im Mittelalter ergangen war. Je mehr Informationen sie darüber sammelte, umso beunruhigter wurde sie. Während Katzen im frühen Mittelalter durchaus als nützliche Haustiere geschätzt wurden, die Mäuse fingen und Haus und Hof von Schädlingen frei hielten, waren im späteren Mittelalter Katzen aus christlicher Sicht schlecht und böse. Und mehr noch, es wurde Katzen nachgesagt, sie würden vom Teufel benutzt, um den Menschen zu schaden. Katzen wurden mit Hexerei in Verbindung gebracht und die schlimmsten Eigenschaften wurden schwarzen Katzen angedichtet.

Anne wurde mit jedem Tag nervöser und wollte unbedingt wissen, wie die Geschichte mit Eugen und den Katzen weitergegangen war. Geduldig zu sein war schon im normalen Leben nicht einfach für sie, umso schlimmer war es jetzt. Endlich war es doch Dienstagmorgen, der Tag mit ihrem nächsten Rückführungstermin. Anne hatte sich den ganzen Tag frei genommen, um genügend

Zeit für sich zu haben. Pünktlich um 11.00 h stand sie vor Gundulas Tür und klingelte. Es dauerte eine kleine gefühlte Ewigkeit, bis sie Schritte im Inneren der Wohnung hörte. Zum Glück hatte Gundula den Termin nicht vergessen, die Reinkarnationstherapeutin öffnete die Tür und lächelte seltsam gezwungen.

Sie sieht überhaupt ziemlich fertig aus, fand Anne, so *als hätte sie nächtelang nicht geschlafen.* Aber darauf wollte sie heute keine Rücksicht nehmen, *ich zahle schließlich dafür, dass ich mehr Informationen über vergangene Abenteuer bekomme und wenn es meiner Therapeutin schlecht geht, ist das zwar bedauerlich, aber ganz sicher nicht das Problem ihrer Klientin*, fand Anne etwas herzlos. So war sie normalerweise eigentlich nicht, im Gegenteil, sie spürte sehr viel Mitgefühl für notleidende Tiere und auch Menschen, aber heute, das war ihr Tag. Heute wollte sie sich wieder mit Eugen aus der Vergangenheit verbinden, Mitgefühl hin oder her. Deshalb ging sie auch überhaupt nicht auf Gundulas mit leiser Stimme geäußerte Bedenken ein.

Gundula-ohne-Nachnamen war heute wirklich nervig und so ganz und gar nicht professionell, die ganze Zeit versuchte sie Anne davon abzubringen, diese Rückführung wirklich zu machen, zuerst mit allgemeinem „blabla" und schließlich mit einer konkreten Warnung: „Weißt Du, Anne, es ist bei allem wirklich wichtig auf die Zeichen zu achten und wenn sie nicht günstig erscheinen, sollte man Vorhaben lieber aufgeben oder wenigsten verschieben, um im Fluss einer guten Energie zu bleiben. Sonst könnte das Ergebnis eines sein, das man nicht will."

Anne verstand nur Bahnhof und dachte bei sich: *lass die nur reden, wenn sie heute schlecht drauf ist, ist das ihre Sache. Die hat sicherlich schon so viele Rückführungen in ihrem Leben gemacht, das sie das im Schlaf kann.* Laut sagte sie: „Das ist alles schön und gut, Gundula, aber jetzt bin ich hier und möchte gerne wissen, wie es Eugen oder besser gesagt mir ergangen ist, damals mit den schwarzen Katzen. Lass uns endlich anfangen".

Die Therapeutin gab widerstrebend nach mit folgenden Worten: „Nun gut, wenn Du das unbedingt willst, aber sag hinterher nicht, dass ich Dich nicht gewarnt hätte."

Anne verdrehte innerlich die Augen: *Puh, Gundula führte sich heute wirklich wie eine überfürsorgliche Mutter auf* und legte sich bequem in den Therapiesessel. Mit geschlossenen Augen wartete sie auf den Beginn der Rückführung. Tatsächlich hörte sie bald die Stimme ihrer Therapeutin, die anfing mit eintöniger Stimme eine körperliche und geistige Entspannung einzuleiten. Mithilfe der ihr schon bekannten inneren Bildern führte sie Anne schließlich wieder auf den Pfad ihres jetzigen Lebens mit den am Rand in regelmäßigen Abständen aufgestellten Feldsteinen, die mit abnehmender Zahl ihr jeweiliges Lebensalters angaben. Anne gelangte in ihrer Vorstellung wieder an das Steintor, das den Beginn ihres jetzigen Lebens symbolisierte und gleichzeitig das Ende eines vorangegangenen. Die vorigen Male war dieses Tor verschlossen gewesen und Anne hatte zuerst den passenden Schlüssel dafür besorgt, um zum ersten Mal hindurchgehen zu können und so ihr vergangenes Leben als Eugen kennenzulernen. Komischerweise stand das Tor heute schon halb offen und Anne konnte dahinter nur Dunkelheit sehen. Sie wusste nicht, was sie davon halten und ob sie nicht vielleicht Gundula um Rat fragen sollte, aber die Reinkarnationstherapeutin hatte sie doch vorher von dieser Rückführung gänzlich abhalten wollen, deshalb war es sicherlich besser sie nicht noch mehr zu beunruhigen. Aus diesem Grund schwieg die Klientin auf dem Therapiesessel lieber und gab nur an, dass sie sich vor diesem Steintor befand und bereit war hindurch zu gehen.

Und das tat sie bildlich gesprochen dann auch. Sofort verschluckte sie eine fast völlige Dunkelheit. Den Feldweg, der zu Eugens Dorf führte, konnte sie nur erahnen und ein komisches Gefühl beschlich sie. Am liebsten wäre sie sofort wieder umgekehrt und zurückgegangen in ihr derzeitiges Leben. Doch ihre Neugierde siegte über ihre Bedenken, denn sie wollte schließlich wissen, wie die Geschichte mit den schwarzen Katzen ausgegangen war.

Und wer sagt, dass Rückführungen immer zu erlebten Tageszeiten stattfanden? Es konnten doch auch durchaus nächtliche Zeiten dabei sein, oder?

Hätte sie Gundula gefragt, dann wäre ihr mit Sicherheit geraten worden dieses vergangene Leben sofort wieder zu verlassen, denn ein nächtliches Erleben konnte nichts Gutes bedeuten. Aber Anne fragte nicht und ging lieber weiter durch die Nacht. Eine dünne Mondsichel am Nachthimmel spendete etwas natürliches Licht und soweit Anne dadurch erkennen konnte, trug sie wieder Hosen aus groben Leinen und war vermutlich Eugen. Der Feldweg führte sie abermals zu dem Dorf, das diesmal aber wie ausgestorben da lag, kein Geräusch war zu vernehmen und kein Kerzenlicht in einem der Hütten zu sehen. Warum auch? Sicherlich waren alle müde vom Tagwerk und schliefen friedlich auf ihren strohgefüllten Matratzen.

Eugen-Anne kannte den Weg zu der versteckten Hütte im Wald wie im Schlaf, deswegen konnte sie die Dunkelheit auch nicht darin hindern, die Hütte wiederzufinden. Dennoch war es unheimlich durch den dunklen Wald zu gehen mit Schatten, die sich zwischen den Bäumen zu bewegen schienen. *Das war natürlich nur der Wind*, beruhigte sich die Katzenfreundin und selbst wenn sie keinen Wind spürte, war es die einzige Erklärung. Tapfer ging sie weiter, auch wenn sie am liebsten schreiend zurück gelaufen wäre. *„Denk an die armen Katzen und denk daran, Du bist ein Mann,"* mit diesen Gedanken versuchte sich Anne zum Weitergehen zu motivieren und irgendwie klappte das. Nach einer gefühlten längeren Zeit kam sie bei der versteckten Waldhütte an und schob vorsichtig die grob gezimmerte Eingangstür auf. Im Inneren war es natürlich noch dunkler und eigentlich konnte sie so gut wie gar nichts erkennen. Vorsichtig rief sie „Mietz mietz mietz", für den Fall, dass sich die Katzen hier irgendwo versteckten. Keine Antwort. Sie betrat zögernd die Hütte und stieß sich sofort das rechte Schienbein an einem harten Gegenstand an. Was war das denn? Beim letzten Mal hatte nichts direkt hinter der Tür gestanden, das wusste sie ganz sicher. Vorsichtig betastete sie das Hindernis, es war ein umgekippter hölzerner Stuhl. Genau in diesem Augenblick gab eine Wolke die Mondsichel frei und in dem diffusen Licht, das nun durch die Fensteröffnung hereinfiel, konnte Anne als Eugen das Chaos erkennen, das in der Hütte herrschte.

Jemand hatte alle Einrichtungsgegenstände umgeworfen und wild verteilt. Der Korb mit der Katzenfamilie war nicht mehr da. Anne spürte die gleiche aufsteigende Panik wie Eugen damals. Es war Angst. Angst um die Katzen und Angst um sich selbst, denn der Kontakt oder schlimmer noch der Besitz von Katzen war in dieser Zeit und in dieser Region bei Todesstrafe verboten. Jemand hatte die Katzen entdeckt und mitgenommen. Jemand kannte Eugens Geheimnis und Verfehlung. Bevor Eugen weiter nachdenken konnte, hörte er ein Geräusch in seinem Rücken und bevor er sich noch ganz umdrehen konnte, traf ihn ein harter Schlag im Genick, der ihn zu Fall brachte und alles wurde dunkel um ihn herum.

Anne dagegen riss wild nach Luft schnappend die Augen auf und blickte in das dämmrige Licht von Gundulas Therapieraum. Die zugezogenen Vorhänge vor den Fenstern schwächten die Helligkeit eines sonnigen Tages ab und die Einrichtungsgegenstände waren diffus zu erkennen. Sonst sah Anne, als sie sich von ihrem Schrecken des plötzlichen Zurückkommens in die Gegenwart erholt hatte, Nichts und Niemanden. Noch nicht einmal Gundula.

„Gundula?" Keine Antwort.

Diesmal rief die Klientin etwas lauter und eindringlicher nach der Therapeutin: „Gundula!", doch sie bekam wieder keine Antwort.

Entnervt und noch etwas mitgenommen von den Geschehnissen in ihrer Vergangenheit rappelte sich Anne von dem Therapiesessel auf und machte sich auf die Suche nach Gundula. Ohne

Erfolg. Gundula schien wie vom Erdboden verschluckt, aber wahrscheinlich hatte sie nur etwas Dringendes zu erledigen und wollte ihre Klientin bei der Rückführung nicht stören.

Obwohl, so toll fand Anne das nun auch wieder nicht, *es hätte ja Wunder weiß was passieren können und dann wäre ich ganz allein gewesen mit dem Erlebten. Genau genommen ist etwas passiert und jetzt bin ich ganz allein und kann mit niemanden darüber reden. Nicht mit meiner abwesenden Reinkarnationstherapeutin und auch mit sonst niemanden*, denn sie hatte ihre Bekannten und wenigen Freunde nicht darüber in Kenntnis gesetzt, dass sie Reisen in die Vergangenheit unternahm. Im Grunde genommen wollte sie nicht als komisch abgestempelt werden und außerdem fand sie es schön kleine Geheimnisse zu haben.

Sie konnte Gundula ohne Nachnamen nirgendwo in den Praxisräumen entdecken und schrieb schließlich eine kleine Notiz, in der sie um einen Anruf bat und die sie auf dem runden Holztisch im Flur gut sichtbar liegen ließ. Vorsichtig zog sie die Tür ins Schloss und wäre beinahe über eine schwarze Katze gestolpert, die mit dem Rücken zu ihr auf dem Treppenabsatz saß. Genauso erschrocken wie der Mensch, drehte sich die Katze um und musterte die Frau intensiv aus blauen Augen.

*

Auf ihrem Heimweg zehn Minuten später war Anne von dieser Tatsache nicht mehr überzeugt. Es war heute wohl alles etwas viel gewesen und sie hatte sicherlich einiges durcheinandergebracht. Als sie eine halbe Stunde später ihre eigene Haustür aufschloss, war sie sich sogar nicht einmal mehr sicher, überhaupt eine Katze gesehen zu haben. Aber fremde Katze hin oder her, sie hatte ja ihre eigenen, denen sie sich nun den ganzen Abend lang widmen konnte.

Im Grunde genommen kann ich zufrieden sein mit meinem Leben, ich habe doch alles, was ich will. Ausflüge in die Vergangenheit waren eigentlich nicht nötig, befand sie an diesem Abend. Und da passte es gut, dass Gundula während der folgenden Wochen kein einziges Mal anrief.

Bald hatte der Alltag Anne wieder eingeholt. Sie machte vieles in ihrem Leben gern und auch ihre Arbeit fand sie manchmal interessant, dennoch, etwas fehlte ihr.

Ablenkung? Aufregung? Neue Pläne? Eine Liebe?

So sehr sie darüber manchmal grübelte, es machte nicht „Klick", die zündende Idee blieb aus.

Vielleicht, dachte sie sich, *fange ich mit Ablenkung an,* denn das erschien ihr immer noch am einfachsten umzusetzen.

Ablenkung vom Alltag sollte etwas Außergewöhnliches sein und wie der Zufall es am folgenden Samstag wollte, fiel ihr Blick auf eine Ankündigung in der Katzenzeitschrift, die ihre Frühstückslektüre war. Katzenliebhaber wurden eingeladen eine Katzenausstellung zu besuchen, die an diesem Wochenende stattfand, nicht weit von Annes Wohnort entfernt in der nächstgrößeren Kreisstadt. Als Sensation war die Ausstellung von Katzen mit dem Namen „Ojos Azules" angegeben und abgebildet war eine schwarze Katze mit einer weißen Schwanzspitze und blauen Augen. Sofort dachte Anne an Eugen und seine Katzen, wenn das nicht passte! Diese Katzen wollte sie unbedingt sehen und möglichst viele Informationen über ihre Herkunft sammeln. Eine Katzenausstellung, in der viele Züchter anzutreffen waren, eignete sich dafür sicherlich gut.

Ihre spärlichen Spanischkenntnisse verrieten ihr, dass diese Katzenart übersetzt „blaue Augen" bedeutete. Im Internet fand sie noch ein paar zusätzliche Informationen dazu. Katzen aller Farben konnten diese blauen Augen aufweisen, die Ursache dafür ist eine Genmutation. Generell haben diese Katzen aber auch weiße Farbanteile im Fell und auf alle Fälle eine weiße Schwanzspitze. Da die blauen Augen auf der Genmutation beruhen, dürfen diese Katzen untereinander nicht gepaart werden, weil Missbildungen oder Totgeburten die Folge sein könnten.

*

Schon zwei Stunden später betrat sie die geräumige Ausstellungshalle durch das Haupttor. An den Längsseiten befanden sich stabile Tische mit Boxen, in denen sich unterschiedliche Rassekatzen befanden. An jedem dieser Ausstellungstische waren Fotos und Beschreibungen der jeweiligen Zuchtkatzen angebracht. Außerdem waren Stände aufgebaut mit Verkaufsartikeln rund um die Katze, von Spezialfutter bis hin zu bequemen Liegekissen gab es so ziemlich alles, was ein liebevoller Katzenbesitzer für seinen Stubentiger kaufen möchte. Die Ausstellungsbesucher waren Katzenfans und Kaufinteressenten und belagerten die einzelnen Tische mit den verschiedenen Angeboten. Hinten in der Halle war ein einzelner Stand mittig an der Querseite aufgebaut. Es war ein eher kleiner Ausstellungstisch und nur eine Box befand sich darauf. Seltsamerweise gingen die meisten Besucher daran vorbei, ohne stehenzubleiben. Anne dagegen fühlte sich gleich angezogen von genau diesem Tisch und steuerte zielstrebig darauf zu. Auf den ersten Blick erschien die große Transport-Box leer und es war keine menschliche Begleitperson zu sehen, bei der sie hätte nachfragen können. Ein kleiner Zettel klebte von außen links oben an der Transportkiste, handschriftlich beschrieben mit „Ojo Azul". Hier war sie also richtig, nur schade, dass niemand zu sehen war. Gerade als sich unsere Katzenliebhaberin enttäuscht abwenden wollte, hörte sie ein Rascheln unter dem Tisch, der mit einer langen dunkelblauen Tischdecke dekoriert war. Neugierig hob sie eine Ecke hoch und glaubte sich in die Vergangenheit zurückversetzt. Unter dem Tisch befand sich ein Weidenkorb mit Inhalt: der schwarze Kopf einer schwarzen Katze drehte sich in ihre Richtung und sah sie mit blauen Augen direkt an. Anne erschrak, aber dann siegte ihre Neugierde und sie wollte mehr über diese Katze wissen. Leider konnte sie weit und breit keinen Menschen sehen, der zu diesem Ausstellungstisch gehörte. Auch die benachbarten Aussteller rechts und links davon konnten ihr nicht weiterhelfen, sie wussten nicht, wer der Züchter und Aussteller dieser seltenen Katzenrasse mit den blauen Augen war. Seltsamerweise hatte ihn bisher niemand bewusst wahrgenommen.

Warum das so war, wurde ihr klar, als der junge Mann, der offensichtlich zu der schwarzen Katze mit den blauen Augen gehörte, plötzlich hinter dem Ausstellungstisch auftauchte. Denn auf den ersten Blick sah er so unscheinbar aus, dass man ihn leicht übersehen konnte. Er war ein Mann ihres Alters und durchschnittlicher Größe mit halblangen, hellbraunen Haaren, die glatt neben seinem schmalen Gesicht herabhingen. Auch seine Kleidung war hellbraun, eine hellbraune Jeans und ein hellbraunes Kapuzenshirt. Der ganze Mann sah aus wie eine hellbraune, langweilige Erscheinung. Auf den ersten Blick. Doch Anne riskierte einen zweiten Blick, um ihn näher zu betrachten und als sie ihm in die hellgrauen Augen sah, spürte sie eine intensive Verbundenheit. Sie war wie gebannt von seinem offenen, direkten Blick und obwohl sie kein Wort sprachen, schien es, als würden sie unendlich viele Informationen auf einer Gefühlsebene jenseits aller Worte austauschen. Bilder kamen Anne in den Sinn, Bilder von einem Feldweg, einem Dorf aus vergangenen Tagen, einem Wald, einer Hütte im Wald und...In diesem Augenblick rempelte sie von hinten jemand an, ein anderer Katzenfreund hatte es eilig vorbeizukommen, und der Zauber der Situation war genauso wie die erinnerten Bilder verschwunden.

„Moment mal", dachte sich die junge Frau, „wieso eigentlich erinnert?"

Aber genauso fühlte es sich an, wie eine Erinnerung und das musste mit diesem jungen Mann und seiner außergewöhnlichen Katzenzüchtung zu tun haben. Doch bevor sie dem weiter nachgehen konnte, konnte sie feststellen, dass er mitsamt seiner Katze nicht mehr da war. Nur der leere Ausstellungstisch stand noch da und selbst die dunkelblaue Tischdecke war verschwunden. Seltsam. Und damit hatte sie für heute genug erlebt. Sie wollte nur noch nach Hause in ihre geordnete Welt und zu ihren beiden „normalen" Hauskatzen, auch wenn diese nur getigert und schwarz-weiß gefleckt waren.

*

Leider ließ sie die Begegnung mit diesem Katzenzüchter nicht los. Manchmal, wenn sie ihrer Phantasie freien Lauf ließ, kam sie direkt ins Schwärmen, denn welche Frau wünschte sich nicht ihren Seelenverwandten zu finden und am besten als Partner zu behalten?

Gut, das mit dem „Finden" oder besser gesagt „einmalig Treffen" hatte sie vielleicht schon hinbekommen, aber von „Partner" und „behalten" war sie noch sehr weit entfernt. Im Grunde genommen wusste sie gar nichts über diesen „Ojo Azul"- Katzenzüchter, noch nicht einmal seinen Namen, aber Katzenzüchter musste er sein, denn sonst hätte er keinen Ausstellungstisch zur Verfügung gestellt bekommen. Und genau diese Überlegung brachte sie auf eine Idee: Das Ausstellungskomitee musste seinen Namen und seine Kontaktdaten kennen.

Jetzt zeigte es sich, dass seltenes Aufräumen auch hilfreich sein konnte, denn sie fand nach kurzem Suchen die Katzenzeitschrift mit der Anzeige, die zu ihrem Besuch genau dieser Ausstellung geführt hatte. Und tatsächlich war eine Telefonnummer des Veranstaltungsbüros am unteren Ende angegeben. Anne rief sofort an und gab sich gegenüber ihrem männlichen Gesprächspartner als Kaufinteressentin für ein Paar „Ojo Azul" Katzen aus. Aus den Ausstellungsanmeldungen wurden ihr ein Name und eine Adresse durchgegeben, eine Telefonnummer war leider nicht hinterlegt worden. Immerhin wusste sie jetzt, dass der geheimnisvolle junge Mann Adrian hieß und irgendwo zwischen ihrem Wohnort und dem Nachbardorf wohnte. Auf einer Landkarte konnte sie erkennen, dass diese Gegend nur sehr dünn besiedelt war und es bedauerlicherweise keine genauen Straßenangaben oder Hausnummern gab. Selbst in Google Maps fand sich kein Eintrag. Im Grunde genommen hatte sie das gar nicht erwartet, denn ein Online-Portal wollte so gar nicht zu diesem Mann passen und noch weniger zu den alten Bildern, die sie in seiner Gegenwart hatte sehen können.

Anne wartete auf ihren nächsten freien Arbeitstag und packte schon frühmorgens einen Picknickkorb, feste Schuhe und eine Landkarte in ihr kleines Auto, im Ungewissen darüber, was so alles auf sie zukommen könnte. Ihre eigenen Katzen sahen ihr dabei beleidigt zu - die menschliche Spielkameradin wollte schon wieder wegfahren - und wurden mit ein paar Katzenleckerlis getröstet. Im Grunde genommen freute sich Anne auf ein neues Erlebnis, einen Tag außer Haus mit einem festen Ziel, sie hatte fast ein Gefühl wie früher als Kind, wenn sie mit ihren Freundinnen eine Schnitzeljagd auf den umgrenzenden Feldern und im Wald veranstaltet hatte: alles war aufregend und alles war möglich.

Aber schon bald holte sie die Realität eines erwachsenen Lebens wieder ein und zwar zu dem Zeitpunkt, als sie sich tatsächlich wie die Teilnehmerin einer erfolglosen Schnitzeljagd vorkam. In dem Gebiet angekommen, in dem irgendwo der Mann mit den schwarzen Katzen leben sollte, stellte sich heraus, dass dort so gut wie überhaupt niemand wohnte und dass die wenigen Menschen, denen sie begegnete, Adrian nicht kannten. Anscheinend hatte noch nie jemand von ihm gehört, geschweige denn ihn persönlich getroffen. Frustriert und hungrig war Anne im Begriff die Suche aufzugeben, als ihr der Picknickkorb auf der Rückbank ihres Autos wieder einfiel. Jetzt, wo sie schon einmal hier mitten in der Pampa war, die nur aus grünen Hügeln und Tälern zu bestehen schien, ganz selten unterbrochen von einem kleinen Bauernhaus, konnte sie es sich schließlich auch gemütlich machen und wenigstens ihren freien Tag in ungestörter Natur genießen.

Mittlerweile war es früher Nachmittag und die Sonne schien kräftig vom Himmel. Deshalb wollte Anne den Inhalt ihres Picknickkorbes irgendwo im Schatten verspeisen und fuhr langsam die Landstraße entlang auf der Suche nach einem geeigneten Platz. Tatsächlich bog nach einigen Kilometern auf der rechten Seite ein gut erhaltener Feldweg von der Straße ab, der zu einem kleinen Wald zu führen schien.

Ein Wald besteht aus Bäumen und Bäume machen Schatten, perfekt für ein Picknick, dachte Anne und bog ab.

Der Feldweg führte zuerst etwas nach oben, um dann sanft in einer langen Kurve wieder abzufallen. Unten im Tal konnte sie eine Ansammlung von Steinen sehen und je näher sie ihnen kam, umso mehr hatte sie das Gefühl schon einmal hier gewesen zu sein.

Das ist natürlich Blödsinn, fand der realistisch denkende Teil von Anne und dem ihr emotionaler Teil hielt dagegen: *ich weiß, wo ich bin, hier kenne ich mich aus.*

Anne war wegen dieser gegensätzlichen Botschaften verwirrt und fuhr einfach weiter. Die Steine, die sie aus der Ferne neben dem Feldweg liegen gesehen hatte, entpuppten sich als Ruinen eines längst verfallenen Dorfes. Das Gefühl der Vertrautheit in ihr wurde stärker, je näher sie dem Wald kam. Sie hielt am Waldrand an und stieg aus.

Wenn wirklich alles so ist, wie es sich gerade anfühlt, dann müsste von hier ein kleiner Waldpfad abgehen, der nach einiger Zeit zu einer verborgenen kleinen Hütte führt.

Anne fühlte sich abenteuerlich genug, um diesen Gedanken zu überprüfen und machte sich zu Fuß auf die Suche nach dem kleinen Weg. Sie war nicht vollkommen überrascht, als sie den Pfad tatsächlich fand und einige Zeit später auch die Abzweigung, an der eigentlich eine verborgene Hütte liegen musste.

Das würde jetzt Eugen sagen, kicherte Anne leicht hysterisch vor sich hin.

Und tatsächlich war alles so, wie in den Rückführungen mit Gundula-ohne-Nachnamen, damals in längst vergangenen Tagen, als sie Eugen war. Anne war sich bewusst, dass Rückführungen innere Bilder erzeugten, die für die betreffende Person wichtig waren, aber sie war sich keineswegs sicher gewesen, dass es Reinkarnation gab.

Vielleicht war das hier der Beweis?

Bevor sie noch länger darüber nachgrübeln konnte, sah sie durch die Baumstämme das rote Ziegeldach eines kleinen, im Wald versteckt liegenden Bungalows. Während sie noch unschlüssig davor stand, nicht sicher, was sie nun tun sollte, ging auch schon die grün gestrichene hölzerne Haustür auf und der Katzenzüchter mit den schwarzen Katzen und den blauen Augen trat heraus und auf sie zu.

„Hallo Eugen, endlich bist Du da! Erkennst Du mich nicht? Ich bin es, Klara".

*

Das waren die letzten Worte, die Anne hörte, bevor sie in Ohnmacht fiel und einen wilden, langen Traum träumte.

Sie war ein Mann und lebte in einer Zeit vor vielen Jahren. Sie konnte alles sehen, hören und fühlen, als würde es gerade stattfinden. Am stärksten waren ihre Gefühle, sie hatte Gefühle starker Zuneigung für eine Frau namens Klara und sie mochte sehr gerne Katzen. Klara zu lieben, war ein gutes, sicheres Gefühl, aber Katzen zu mögen fühlte sich gefährlich an. In ihrem Traum befand sie sich auf einem Dorfplatz und es war anscheinend gerade Markttag. Männer und Frauen unterschiedlichen Alters kauften und verkauften verschiedene Dinge, angefangen von lebenden Hühnern bis hin zu Wein in Tonkrügen.

Es ging laut zu und ein Mann mittleren Alters sprach sie an: „Eugen, wie schön, dass Du uns mit Deiner Gegenwart wieder einmal beehrst. Du hast uns lange genug warten lassen, ein Wunder, dass Dir Klara noch nicht abgehauen ist. Ach, da kommt sie ja, dann lass ich Euch zwei Turteltäubchen mal besser allein", sagte er augenzwinkernd und verschwand in der Menschenmenge.

Anne alias Eugen drehte sich um und sein Herz wurde weit. Klara. Wie so oft konnte er nicht verstehen, warum diese schöne Frau mit den schwarzen Haaren ausgerechnet ihn als Bräutigam auserwählt hatte. Weitaus vermögendere Männer als er armer Tischler machten ihr den Hof und doch hielt sie an ihm fest. Jetzt musterte sie ihn gründlich mit ihren blauen Augen und lächelte gleichzeitig. Als nächstes lagen sie sich in den Armen. Sie zu umarmen fühlte sich gut und sicher an. Eugen mochte ihren Geruch, dieser dezente Geruch nach Blumen war für ihn Klara. Aber noch während er ihrer beider Umarmung genoss, fühlte er, wie sie nervös wurde, und über seine Schulter nach hinten blickte.

„Was ist denn, Klara? Ich bin bei Dir, alles ist gut".

Doch seine Geliebte flüsterte ihm ins Ohr: „Dreh Dich nicht um, da ist sie wieder, diese Gundula und sie beobachtet uns. Ich traue ihr nicht, irgendetwas führt sie im Schilde."

Eugen versuchte mit einem kleinen Auflachen Klara zu beruhigen, aber in Wahrheit mochte er die blonde Gundula auch nicht, sie hatte etwas Verschlagenes an sich und sie hatte ihm mehr als einmal zu verstehen gegeben, dass sie nicht abgeneigt wäre seine Frau zu werden. Und das, obwohl er sie niemals dazu ermutigt hatte. Sein Herz gehörte Klara, jetzt und für immer. Das musste Gundula akzeptieren, ob es ihr nun passte oder nicht. Allerdings benahm sie sich so, als würde ihr das nicht passen, oft schlich sie scheinbar zufällig herum, wenn die jungen Liebenden sich in der Öffentlichkeit trafen und hinterließ bei beiden ein ungutes Gefühl. Während Eugen dies alles männlich pragmatisch als typischen Fall von lästiger Eifersucht abtat, spürte Klara, diese andere Frau war gefährlich und würde auch nicht davor zurückschrecken, böse Dinge zu tun, um zu bekommen, was sie wollte. Kein Wunder also, dass sie nervös wurde, sobald sie Gundula sah und sich in letzter Zeit viel lieber mit Eugen an versteckten Plätzen im Wald traf, wo sie allein und unbeobachtet waren. Und jetzt mehr denn je, da Eugen noch dieses verbotene Geheimnis in seiner Hütte hütete.

Vor ein paar Tagen hatte er Klara seine schwarzen Mitbewohner zum ersten Mal gezeigt. Tagelang hatte er darüber nachgedacht, ob er sie überhaupt einweihen sollte, denn dieses Geheimnis zu kennen, war für jeden gefährlich. Aber wenn er diese Frau ehelichen wollte, durften keine Geheimnisse zwischen ihnen stehen und außerdem brauchte er ihre Hilfe bei der Versorgung dieser schwarzen Katze mit den blauen Augen, die eines Abends plötzlich hilfesuchend vor seiner Tür gesessen war. Er hatte keine Ahnung, woher sie kam oder wer sie gebracht hatte, denn es war in seinem Dorf und im weiten Umkreise strengstens verboten sich mit Katzen abzugeben, geschweige denn eine zu besitzen. Katzen wurden gefürchtet als Übermittler von Krankheiten und als Propheten schlechter Lebensereignisse und Katastrophen, die sie angeblich magisch anzogen zu den Plätzen, an denen sie sich aufhielten. So jedenfalls war die Volksmeinung und niemand traute sich dem zu widersprechen. Es ging sogar so weit, dass „Hexen" oder wen die Bevölkerung dafür hielt, zusammen mit einer Katze hingerichtet wurden, wenn sie nach einem Hexenprozess zum Tode durch den Scheiterhaufen verurteilt worden waren. Umgekehrt waren Menschen, die eine Katze besaßen, von Natur aus Hexen oder Hexenmeister und am schlimmsten dabei waren schwarze Katzen, deren Fellfarbe das Böse symbolisierte.

Das alles wusste Eugen, als er die schwarze Katze an seiner Türschwelle entdeckte. Und trotzdem konnte er nicht anders, als sie ins Haus zu lassen und ihr eine Schüssel voll Ziegenmilch hinzustellen. Er mochte sie vom ersten Augenblick, denn im Grunde genommen mochte er Katzen an sich. In einer anderen Zeit wäre er ein großer Katzenliebhaber mit vielen eigenen Katzen, etwas, das ihm in seiner jetzigen Situation nur unter Lebensgefahr möglich war. Nachdem die schwarze Katze die Milch gierig ausgetrunken hatte, setzte sie sich und blickte ihn aus ihren blauen Augen dankbar an. Danach begann sie schnurrend ihr Fell zu putzen. Eugen machte ihr einen Korb mit trockenem Gras als Katzenbett zurecht, das die Katze mit dem dicken Bauch dankbar annahm. Alles zusammen schob er unter sein Bett und legte eine lange Decke darüber, die bis auf den Boden reichte und die Katze vor fremden Blicken schützte.

Die nächsten paar Tage verbrachte er mit unguten Gefühlen, jeden Augenblick rechnete er damit, dass die Schergen des Königs an seine Tür klopften, um ihn abzuholen. Denn sollte jemand die Katze zu ihm gebracht haben, war das sicherlich eine Falle. Nach einer Woche jedoch entspannte er sich wieder etwas, niemand war gekommen und niemand schien zu wissen, dass er eine Katze hatte. Er fütterte sie mit Milch und darin eingebrocktem Brot, aber natürlich wusste er, dass diese Nahrung auf Dauer nicht ausreichend war. Die Futterfrage wurde umso dringender, als eines Morgens nicht nur eine Katze in dem Weidenkorb lag, sondern sich noch fünf weitere schwarze kleine Kätzchen darin befanden, seine Katze hatte in dieser Nacht geworfen und alle ihre Kinder sahen genauso aus wie sie selbst. Sein Problem hatte sich quasi verfünffacht. Das war der Zeitpunkt, an dem er sich entschloss, Klara einzuweihen, die Mutterkatze brauchte jetzt Fleisch oder Fisch, um genügend Muttermilch für ihren Nachwuchs zu produzieren. Sie ins Freie zu lassen, um sich ihre Nahrung selbst zu jagen, war für alle viel zu gefährlich und zu riskant.

Das nächste Mal, als Klara ihn besuchen kam, vergewisserte sich Eugen zuerst, dass niemand ihr durch den Wald gefolgt war und zog sie dann in die Ecke zu seinem Bett. Klara war überrascht, schließlich waren sie erst verlobt und noch nicht verheiratet, doch ihr Liebster legte sich auf den Boden und zog einen Gegenstand unter seinem Bett hervor. Es war ein mit einem leichten Tuch zugedeckter Weidenkorb und irgendetwas schien sich darin zu bewegen. Die Verlobte sah neugierig zu, wie Eugen das Tuch vom Korb wegnahm und konnte sich einen entzückten Aufschrei nicht verkneifen, ein großes und fünf kleine schwarze, pelzige Fellbündel lagen darin. Die Mutterkatze betrachtete aus blauen Augen gelassen die Besucherin, als würde sie spüren, dass von ihr keine Gefahr ausging. Und das war auch so, Klara war viel zu entzückt von der Katzenfamilie, als dass sie auch nur einen Gedanken an die Gefahr verschwendet hätte, in der sie alle dadurch schwebten. Eugen klärte sie rasch auf, wie er zu den Katzen gekommen war und erklärte ihr die Futtersituation. Klara war natürlich sofort bereit ihn bei allem zu unterstützen, denn auch sie liebte eigentlich Katzen. Sie verabredeten, dass Klara am nächsten Markttag Fische kaufen sollte und auf Nachfragen würde sie angeben, sie wären eine Zutat in einem Überraschungsmahl für ihren Verlobten.

Zwei Tage später war Markt. Da das Dorf nur wenige kleine eigene Weiher besaß und nicht in der Nähe des Meeres lag, waren Fische eigentlich eine kostspielige Delikatesse. Klara verdiente so oft wie möglich Geld durch Näharbeiten für andere Leute und Eugens Handwerkstätigkeit warf auch so viel ab, dass sie die eine oder andere Münze zurücklegen konnten. Heute war der Plan so viele Fische wie möglich zu erwerben und einen großen Teil davon zu trocknen, damit die Katzen für die nächste Zeit genug Futter hatten.

Kaum stand Klara am Fischstand an, kam auch schon Gundula scheinheilig des Weges: „Ach, gibt es heute Fisch? Habt Ihr einen Grund zum Feiern?"

Klara war jetzt froh über die vorher zurechtgelegte Antwort und konnte ohne zu Zögern antworten: „Ja, tatsächlich. Ich werde meinem Eugen ein festliches Abendessen zubereiten als Dank dafür, dass er mich zur Frau nehmen will."

Sie konnte den neidischen Ausdruck im Gesicht von Gundula klar erkennen, bevor diese sich wieder im Griff hatte und nur scheinbar freundlich antwortete: „Das kann ich verstehen, Du kannst wirklich froh sein, einen Mann gefunden zu haben."

Eine geeignete Antwort dazu schluckte Klara lieber hinunter, nahm ihre gekauften Fische entgegen und wandte sich zum Gehen. Sie hatte ihre Mission erfüllt, ließ aber eine eifersüchtige und missgünstige Gundula auf dem Marktplatz zurück, die nichts lieber wollte, als dieses junge Glück zu zerstören und Eugen für sich selbst zu gewinnen.

An diesem Abend gab es tatsächlich ein Festmahl für alle Anwesenden in der Waldhütte. Einen Teil der Fische hatte Klara gekocht und im Kochwasser anschließend Gerste aufgekocht. Sowohl die Menschen als auch die Katzen machten sich über das Essen her. Als sie satt war, schnurrte die Mutterkatze laut und begann sich zu putzen, die Menschen hätten vor Behagen am liebsten mitgeschnurrt. Es war ein glücklicher Abend: zwei Menschen, die sich liebten, und die eine tiefe Zuneigung zu der verbotenen Katzenfamilie hegten. Und alles hätte so schön weiter gehen können, wären da nicht die lieben Mitmenschen gewesen und allen voran die intrigante Gundula, deren Nachname schon damals nicht bekannt war.

Die nächsten zwei Wochen verliefen tatsächlich friedlich, Klara und Eugen genossen ihre Zweisamkeit und die Katzenfamilie. Die kleinen Kätzchen hatten bereits ihre blauen Augen geöffnet und wollten spielend die Welt erkunden. Ihre menschlichen Aufpasser taten alles, um sie nicht in Gefahr zu bringen und ihnen trotzdem ein schönes Leben zu ermöglichen. Abends, wenn es draußen dunkel war, zündeten die Verlobten eine einzige Kerze in der Hütte an und erlaubten es den Katzen ihr Zuhause zu erkunden. Der Kerzenschein gewährte ihnen genügend Licht, um ihnen dabei zuzusehen, sollte aber andererseits verhindern, dass jemand von außen etwas erkennen konnte. Aber sie hatten nicht mit Gundula gerechnet. Diese Frau fühlte sich beleidigt und in ihrer Liebe von Eugen verschmäht und anstelle seine Entscheidung für eine andere Frau zu akzeptieren, nährte sie jeden Tag ihre Rachegelüste mehr und mehr. In ihrer Phantasie stellte sie sich vor, wie sie dafür sorgen würde, dass es den beiden Verlobten schlecht ging und wie sie die beiden auseinanderbringen würde. Und dann kam ihr der Zufall zu Hilfe.

Eines Tages durchstreifte Gundula den Wald auf der Suche nach essbaren Pilzen, als sie plötzlich einige Meter entfernt aus dem Augenwinkel eine Bewegung wahrnahm. Vorsichtig richtete sich auf und beobachtete Klara, die mit Gemüse beladen einen kleinen Pfad weiter in den Wald hinein ging. Diese Gelegenheit wollte sich Gundula nicht entgehen lassen, wusste sie doch bis heute nicht genau, wo sich Eugens Hütte befand, denn leider hatte er sie nie zu sich eingeladen. Möglichst leise verfolgte sie Klara durch den Wald, die so in Gedanken versunken war, dass sie ihre Verfolgerin nicht bemerkte. Klara führte Gundula direkt zu Eugens Hütte. Jetzt, da Gundula den Weg zu der Hütte kannte, drehte sie wieder um, sie beschloss abends wiederzukommen im Schutz der Dunkelheit.

Und noch am gleichen Abend machte sie sich abermals auf den Weg, der Mond zeigte nur eine schmale Sichel und gewährte genügend Licht, um nicht zu stolpern, aber nicht so viel Licht, dass sie eine Entdeckung fürchten musste. Tatsächlich fand sie den Weg ohne Probleme und kam nach einiger Zeit an der Waldhütte an. Merkwürdigerweise lag die Hütte im Dunkeln da, es fiel kein Lichtschein aus einem Talglicht durch die Fensteröffnungen nach draußen. Doch da, Gundula konnte trotzdem einen leichten, flackernden Lichtschein ausmachen. Die beiden würden doch nichts Verbotenes tun? Nichts von dem, was sich erst nach einer offiziellen Hochzeit schickte? Schlagartig überwältigte sie eine Woge von Eifersucht, denn das, was sie Klara nicht gönnte, wäre sie jederzeit bereit mit Eugen zu tun. Ihre innere Stimme sagte ihr, es wäre besser sich zurückzuziehen, doch die Wut, die in ihr aufkam, veranlasste sie dazu sich näher zu schleichen und durch eine der Fensteröffnungen zu spähen, sie brauchte Gewissheit.

Zunächst sah sie gar nichts, das Innere der Hütte war sehr abgedunkelt, dann aber konnte sie eine Bewegung in der Nähe des schemenhaften Bettes ausmachen. Waren das etwa die Beiden? Doch nein, die Bewegung war zu klein und da, bewegten sich da nicht noch mehr Schatten? Sie konnte Klara und Eugen nicht sehen, aber leise lachen und flüstern hören, es war, als würden sie jemanden rufen. Nur wen? Ihre Augen hatten sich mittlerweile an die Dunkelheit gewöhnt und sie konnte mehr erkennen, aber was sie sah, konnte einfach nicht sein! Da war eines dieser verbotenen Höllentiere und nein, mehr als eines!

Erschrocken wich Gundula zurück und trat dabei auf einen am Boden liegenden Zweig, der mit einem lauten Krachen auseinanderbrach. Dieses Geräusch blieb auch im Hütteninneren nicht unbemerkt, hätten es die Menschen nicht gehört, die wachsame Katzenmutter drehte sofort aufmerksam den schwarzen Kopf zum Fenster und lauschte angestrengt. Gundula indessen machte sich so schnell wie möglich auf den Rückweg, nur weg von diesen unseligen Kreaturen, denn leider glaubte sie wie die meisten der anderen Dorfbewohner daran, dass Katzen Unglück und Tod mit sich brachten. Sie hatte plötzlich eine neue Mission, sie musste das Dorf retten!

Eugen war vor die Hütte getreten, konnte aber nicht sehen, wer oder was sich durch den Wald bewegte. Er beruhigte Klara mit seiner Vermutung, sie hätten Besuch von einem Hirsch gehabt. Gundula mit einem Hirsch zu verwechseln war leider ein fataler Irrtum, wie sich zwei Tage später am nächsten Markttag herausstellen sollte. Klara war dort, um Lebensmittel für die ganze Familie einzukaufen, viel Getreide für die Menschen und etwas von dem deutlich teureren Fleisch und Fisch für die

Katzenfamilie. Schon als sie den Marktplatz betrat, hatte sie das Gefühl, als wäre heute etwas anders. Ihr freundlicher Gruß blieb unerwidert. Die anderen anwesenden Dorfbewohner, die ihr normalerweise freundlich gesonnen waren, schienen sie heute feindselig zu betrachten, einige wendeten sich sogar demonstrativ von ihr ab und tuschelten über irgendetwas. Klara konnte sich keinen Reim darauf machen und beschloss dieses merkwürdige Verhalten einfach zu ignorieren. Das gelang ihr allerdings nur halbwegs, denn auf der anderen Seite des Marktplatzes sah sie, wie Gundula aufgeregt auf den Dorfvorsteher einsprach. Und auch der musterte sie plötzlich aufmerksam. Das war zu viel für Klara, ihre innere Stimme riet ihr sofort zu verschwinden, weil sie in Gefahr war. Und genau das tat sie auch, sie drehte sich um und bemühte sich, ohne auffällig zu schnell zu gehen und ohne sich umzudrehen, den Marktplatz zu verlassen. Erst, als sie die ersten Bäume des Waldrandes erreicht hatte, fing sie an zu laufen in Richtung Waldhütte mit den Katzen. Irgendetwas war schief gegangen und instinktiv wusste sie, sie alle waren in großer Gefahr.

Ausgerechnet an diesem Tag hatte Eugen eine Holzarbeit bei einem weiter weg gelegenen Nachbarn angenommen und Klara war sich bewusst, dass ihr keine Zeit blieb, ihn zur Hilfe zu holen. Sie musste die Katzen alleine retten. Kaum hatte sie die Hütte betreten, holte sie bereits ein großen Weidenkorb mit Deckel, der unter der Zimmerdecke befestigt war und begann die Katzenmutter und ihre Jungen zu locken: „Mietz, mietz, mietz, na kommt schon her meine Schönen, wir machen einen Ausflug". So sehr sie sich bemühte mit normaler, schmeichelnder Stimme zu sprechen, ein Zittern war deutlich zu hören. Die Katzenmutter konnte das spüren und betrachtete die Menschenfrau zunächst aufmerksam aus sicherer Entfernung mit ihren blauen Augen. Es war, als könnte sie sich telepathisch in die menschlichen, grün-braun gesprenkelten Augen versenken und schon nach kurzer Zeit schien es, als hätte sie genügend Informationen erhalten, um den Ernst der Lage zu erkennen. Mit einem miauenden Lockruf rief sie ihre fünf Katzenkinder zu sich und sprang ihnen voraus schnurstracks in den am Boden stehenden Weidenkorb. Als die ganze Familie hineingeklettert war, schloss Klara den Deckel. Hastig sah sie sich in der Hütte um, was konnte ihr bei der Flucht von Nutzen sein? Sie entschied sich für eine Decke und einen Laib Brot und noch bevor sie irgendeine Notiz für Eugen hinterlassen konnte, hörte sie in der Ferne des Waldes menschliche Stimmen, die näher zu kommen schienen. Es war höchste Zeit zu verschwinden und sich mit den Katzen zu retten. Klara entschied sich für einen Pfad, der in der entgegengesetzte Richtung in den Wald hineinführte, entgegengesetzt der Stimmen, die aus Richtung Dorf näher kamen. Und so lief sie los, beladen mit dem Katzenkorb, der Decke und dem Brot.

Stunden später, als die Sonne unterging und der Wald immer dunkler wurde, war sie immer noch unterwegs, weg von allem was sie kannte und weg von ihren Verfolgern, denn in der ersten Zeit hatte sie immer noch weit hinter sich Stimmen gehört, es schien, als sollte sie unbedingt aufgespürt werden. Irgendwann war es zu dunkel, um weiterzugehen und sie hatte auch keine Kraft mehr. Jetzt erkannte sie, dass eine Decke gegen die nächtliche Kälte zwar sehr nützlich war und Brot sicherlich ihren Hunger stillen konnte, doch was war mit dem Durst, den sie verspürte? Und auch die Katzen brauchten sicherlich etwas zu essen und zu trinken. Sie entschied sich schweren Herzens, den Korb mit den Katzen in einem hohlen Baumstamm zu verstecken. Mit der Decke verbarg sie die Öffnung des Baumes, so dass der Korb von außen nicht mehr sichtbar war. Bevor sie sich aufmachte, um Nahrung für alle zu besorgen, verabschiedete sie sich noch von den Katzen und versprach, bald zurück zu kommen.

Was sie jetzt brauchte, war eine menschliche Behausung und am besten eine, wo es Ziegen oder Schafe gab und damit auch Milch für die Katzen, sie selbst konnte mit Wasser auskommen. M

Es war ein Teilmond aufgegangen und er spendete ausreichend Helligkeit, um sicher weiter zu gehen. Klara versuchte sich zu erinnern, was sie über diesen Teil des Waldes gehört hatte, denn sie selbst war noch nie hier gewesen.

Was hat meine Mutter mir nur darüber erzählt? Wurde damals nicht von einem Kloster geredet, in dem ungehorsame und von der Kirche verstoßene Mönche lebten und ihren eigenen Studien nachgingen?

Wenn es dieses Kloster wirklich gab, musste es hier irgendwo sein. Abtrünnige Mönche hin oder her, viel wichtiger war, wo mehrere Menschen zusammen lebten, gab es sicherlich auch Nutztiere und Milch. Diese Überlegung gab ihr genug Motivation, um eventuelle Zweifel beiseite zu schieben. Eine gefühlte Ewigkeit später wurde ihr Mut tatsächlich belohnt: zwischen den dunklen Bäumen konnte sie eine Lichtquelle ausmachen. Beim Näherkommen sah sie, dass es sich um eine hohe Außenmauer handelte, die mit brennenden Fackeln bestückt war. An der linken Ecke war ein Weg zu sehen, der hinter der Mauer zu verschwinden schien, hier musste sich ein Eingangstor befinden.

Zu diesem Zeitpunkt war Klara bereits zu erschöpft und müde, um sich noch groß Gedanken über ihre Sicherheit zu machen und schleppte sich Richtung Eingang, der mit einem massiven hölzernen Tor versperrt war. Ohne nachzudenken versuchte sie es aufzudrücken und tatsächlich gab es nach, es ließ sich weit genug nach innen aufschieben, um hindurch zu schlüpfen. Kein Mensch war zu sehen, aber auf der rechten Seite befand sich ein strohdachgedeckter Stall. Hier musste es Milch geben. Ansonsten befand sich im Hintergrund ein langgestrecktes, dunkles, einstöckiges Gebäude, das sie in diesem Augenblick aber nicht weiter beachtete. Sie hätte sich sicherlich mehr dafür interessiert, hätte sie schon jetzt gewusst, dass dieser Ort für viele Jahre ihr neues Zuhause sein würde. So aber wollte sie nur Milch für sich und die Katzen und steuerte den Stall an, der schon von weitem nach Ziegen roch. Tatsächlich befanden sich mindestens 20 Ziegen mit einigen Zicklein darin und ein Melkschemel mit Melkeimer. Klara wusste genau, was jetzt zu tun war, schnappte sich Schemel und Eimer und stellte sie unter eine schläfrige Ziege mit gefülltem Euter. Zufrieden lauschte sie dem Geräusch, das die Milch machte, als sie in den Eimer traf und schon nach wenigen Minuten hatte sie genug Milch gemolken, um ihren eigenen Durst zu stillen. Gierig trank sie die noch warme Ziegenmilch. Das tat so gut und das Stroh, mit dem der Stall ausgelegt war, sah so einladend warm und weich aus.

Eine kurze Pause wird mir sicherlich gut tun, war ihr letzter Gedanke bevor sie einschlief.

Aus der kurzen Pause wurde ein längerer Schlaf, denn als sie schlaftrunken aufwachte, konnte sie Tageslicht sehen und menschliche Stimmen hören. Es war zu spät, um das Kloster unbemerkt zu verlassen, denn schon ging die Stalltür auf und ein Mönch trat ein. Er war mittleren Alters, hatte einen Vollbart und freundliche Augen, trug eine dunkle Kutte und war jetzt gerade sehr überrascht über seinen Fund im Stroh. Aber auch, wenn sich die Mönche in diesem Kloster von der vorherrschenden Kirche abgewandt und ihre eigene Kirchenlehre gegründet hatten, war ihnen Nächstenliebe nicht fremd und ein unangemeldeter Gast durchaus willkommen.

Der Mönch bat Klara ins Haupthaus, wo die anderen acht Glaubensbrüder bei einem kargen Frühstück aus Getreidebrei und Brot saßen und bot ihr einen Platz am Tisch an. Jetzt konnte sie endlich ihren Hunger stillen und ihre Geschichte erzählen und beides tat sie.

Die Mönche waren sich schnell einig. Klara hatte Glück entkommen zu sein, sie und die Katzen konnten unmöglich in der nächsten Zeit in ihr Heimatdorf oder zu Eugen zurückkehren. Die Mönche kannten die Menschen und wussten, diese würden nur darauf warten alle zu bestrafen oder schlimmer noch zu vernichten. Sicherlich hatten sie Geduld und würden die Existenz der schwarzen Katzen nicht so schnell vergessen, geschweige denn Klara und Eugen verzeihen wollen. Eugen konnten sie kaum etwas nachweisen, wurden die Katzen doch nie bei ihm gesehen, aber bei Klara war die Sache klar. Ihr Leben und das der Katzen war in Gefahr, im Kloster wären sie in Sicherheit, denn nicht viele Leute wussten von der Lage des Klosters und es kamen nur sehr selten Besucher vorbei. Eine Frau mit Katzen würde hier niemand vermuten. Die einzige Möglichkeit, die es für Klara gab, war zu bleiben. Und niemand durfte davon erfahren, auch nicht ihr Verlobter.

Ein jüngerer Mönch begleitete sie an diesem Morgen durch den Wald, um die Katzen zu holen. Bei Tageslicht war der Weg bis zu dem Versteck in dem Baum gar nicht so weit wie es sich in der Nacht angefühlt hatte. Tatsächlich waren alle noch da, die Decke hing offensichtlich unangetastet vor der Öffnung im Baumstamm und die Katzen befanden sich noch immer im Weidenkorb. Obwohl die Katzenmutter hungrig maunzte, schien sie verstanden zu haben, dass Klara zurückkommen würde. Und so war es. Der junge Mönch trug den zugedeckten Korb mit dem lebenden Inhalt behutsam zurück in das Kloster, Klara folgte ihm mit der Decke.

Das war der Beginn von Klaras neuem Leben, unerkannt und versteckt in einem Kloster zusammen mit den Katzen und den Mönchen. Die Bewohner des Klosters waren alle nett zu ihr, verstanden sie es doch, wie es sich anfühlte, ausgegrenzt und ungewollt zu sein, weil sie selbst sich gegen die herrschende christliche Lehre gestellt und ihre eigene Art entwickelt hatten, Gott zu dienen. Dazu gehörten neben Meditation auch Pflanzenheilkunde, Selbstversorgung mit dem eigenen Klostergarten und einem Kräutergarten. Schafe, Ziegen und Hühner vervollständigten die Versorgung der Mönche, die Wert auf Achtsamkeit im Umgang miteinander und der Natur legten. Ihren Mitmenschen schien ein solches Leben verdächtig, waren sie selbst doch meistens damit beschäftigt ihre grundlegenden Bedürfnisse zu erfüllen, ohne sich weitere Gedanken über irgendjemand anderen zu machen.

Klara und die Katzen passten zu den Mönchen und ihrer Lebensauffassung. Bald hatten sich genügend Aufgaben gefunden und sie konnte im Kloster tatkräftig mithelfen. Sie half in der Küche, im Kräutergarten und im Stall bei den Tieren. In den Stall zogen auch die schwarzen Katzen ein, sie konnten tagsüber im Stroh schlafen, bekamen Ziegenmilch und Essensreste als Futter und streiften nachts frei herum auf der Suche nach Beutetieren. Für die Katzen war es das perfekte Leben. Und auch für Klara hätte es perfekt sein können, denn schon nach kurzer Zeit hatte sie sich an diesen Alltag gewöhnt und begann das abgeschiedene Leben zu mögen. Das einzige, was sie unglücklich machte war ihre Sehnsucht nach Eugen. Aber im Gegensatz zu ihm wusste sie, dass es ihr selbst gut ging und dass sie ihn wahrscheinlich nie wieder sehen konnte, wollte sie nicht sein und auch ihr Leben in Gefahr bringen. Das war eine Verantwortung, die an manchen Tagen schwer wie ein Mühlstein auf ihr lastete.

Eugen verspürte die gleiche Sehnsucht, er aber wusste nicht, was mit Klara geschehen war, wo sie sich befand oder ob sie überhaupt noch am Leben war. Die Dorfbewohner verloren mit den Wochen, die ins Land gingen, das Interesse an ihm, unter anderem, weil er sich immer mehr in den Wald zurückzog und so selten wie möglich im Dorf auftauchte. Sie fanden, dass Eugen komisch wurde und damit wollten sie nichts zu tun haben. Er litt an gebrochenem Herzen und deshalb hatte auch Gundula keinerlei Chance einen Platz in seinem Leben zu ergattern. Sie versuchte es noch eine Zeitlang, gab dann aber frustriert auf und ehelichte einen älteren, gutsituierten Mann. Wenn sie schon nicht den Mann ihrer Wünsche bekam, wollte sie wenigstens gut versorgt sein.

Das war die Geschichte von Klara und Eugen. Sie sollten sich nie wiedersehen bis zu dem Tag, als Anne einen bestimmten Katzenzüchter suchte und fand.

*

An dieser Stelle wachte Anne wieder auf und blickte in die besorgten braunen Augen von Adrian, der über sie gebeugt da stand und sie beobachtete. Als Adrian sah, dass Anne wieder bei Bewusstsein war, schien er sichtlich erleichtert und richtete sich wieder auf. Er lächelte sie auf eine seltsam wissende Art an. Anne ihrerseits war verwirrt wegen den Erlebnissen in ihrem Traum, der sich komischerweise sehr real angefühlt hatte. Sie musterte den Katzenzüchter und fand ihr Verhalten plötzlich sehr peinlich. Sie war in Ohnmacht gefallen wie ein viktorianisches Fräulein. Warum eigentlich? Hatte dieser Adrian tatsächlich „Eugen" zu ihr gesagt?

So ein Quatsch, das hat er sicher nicht. Meine Phantasie geht mit mir durch. Vielleicht haben die Rückführungen mit Gundula irgendeinen Schaden bei mir hinterlassen?

Bei dem Gedanken an Gundula wurde Anne ganz anders. Die kam doch auch in diesem Traum von eben vor. Aber auch das war sicherlich nur ein blöder Zufall.

Adrian sah aus, als wollte er etwas Wichtiges sagen, entschied sich aber um. Stattdessen machte er eine belanglose Bemerkung: „Ist alles wieder in Ordnung?"

Was meinte er denn damit? Als ob jemals alles in Ordnung gewesen wäre.

Laut antwortete Anne: „Oh ja, sicher. Ich weiß auch nicht, was gerade los war. Vielleicht ändert sich das Wetter."

Na bravo, jetzt denkt er bestimmt, ich bin unintelligent.

Und bevor sie das richtig stellen konnte, verabschiedete sich Adrian schon von ihr: „Es tut mir leid, ich habe heute noch viel zu tun. Sie wissen ja, wo Sie mich finden können und Sie sind mir jederzeit herzlich willkommen."

Mit diesen Worten ließ er sie stehen und verschwand in seinem Häuschen, die Haustür fiel abweisend hinter ihm ins Schloss. Anne war das ganz recht, sie hatte für heute genug erlebt und wollte nur noch nach Hause. Dort kam sie zwei Stunden später auch wieder an und wurde freudig miauend von ihren eigenen Katzen begrüßt.

Natürlich gingen ihr die Ereignisse dieses Tages nicht aus dem Kopf und umso länger sie darüber nachdachte, umso weniger hätte sie sagen können, was davon Phantasie und was Realität war. Manchmal hatte sie schlicht und einfach das Gefühl, sie wäre in einem völlig falschen Film gelandet. An den nächsten Abenden dachte sie vor dem Einschlafen weiter darüber nach und sie versuchte die Ereignisse nach „glaubhaft" und „nicht glaubhaft" zu sortieren. Allerdings kam sie bald zu der Einsicht, dass das an sich unmöglich war, weil glaubhafte und nicht glaubhafte Teile ineinander übergingen. So war es glaubhaft, dass sie einen real existierenden Katzenzüchter aufsuchen wollte, nicht glaubhaft dagegen erschien ihr, dass sie den Weg zu seiner Behausung aus ihren Reinkarnationssitzungen her kannte. Diese Einteilung führte zu keinem Erfolg.

An diesem Punkt angekommen, beschloss Anne ihrer Phantasie probeweise freien Lauf zu lassen: „Was wäre, wenn alles möglich wäre?" Mit dieser Überlegung kam sie weiter. Denn, wenn wirklich alles möglich wäre, wäre sie Adrian schon vor langer Zeit in einem vorangegangenen Leben begegnet. Nur, dass sie damals ein Mann war und Adrian eine Frau. Eugen und Klara, die wegen einer Gundula voneinander getrennt wurden und ihre irdische Liebe nicht mehr leben durften. Und nun tauchte wieder eine Gundula in Annes Leben auf und trug dazu bei, dass beide sich wiedertreffen konnten. Und wenn das möglich war, wollte Gundula vielleicht ihre damalige Schuld begleichen und versuchen, den Verrat ungeschehen zu machen.

Und das würde bedeuten, sie hätte Eugen und Klara in diesem Leben wieder zusammen geführt, um ihnen die Chance zu geben, ihre Liebe noch einmal und diesmal für länger zu genießen! Diese Schlussfolgerung gefiel Anne, denn obwohl sie in Adrian nicht unbedingt verliebt war, mochte sie doch dieses Gefühl einer alten Vertrautheit, das sie in seiner Nähe überkam und das sicherlich noch ausbaufähig war. Diese Vorstellung gefiel Anne sogar so gut, dass sie nicht mehr aufhören konnte, sich alles in den schönsten Farben auszumalen. Adrian und sie waren für alle Zeiten füreinander bestimmt! Wenn dem so war, sollten sie nicht länger zögern ihre Liebe zu leben. Ihre Vornamen hatten sogar den gleichen Anfangsbuchstaben: A und A, wenn das kein gutes Omen war! Solche und ähnliche Tagträume hatte Anne nun oft.

Sogar in der Arbeit saß sie so oft gedankenversunken und lächelnd an ihrem Schreibtisch, dass es ihren Kolleginnen auffiel. „Anne, sag mal, bist Du etwa verliebt? Wer ist es denn?" Solche und ähnliche Fragen wurden immer häufiger gestellt und Anne konnte eigentlich gar nichts darauf antworten. Obwohl sie sich wie die Hauptfigur in einem Liebesroman fühlte, wusste sie immer noch nicht, ob sie verliebt war. Es war allerhöchste Zeit, das herauszufinden! Dazu musste sie Adrian mindestens noch einmal persönlich treffen. Anne kannte zwar seinen Namen und seinen Wohnort, doch eine Telefonnummer war nicht bei der Telefonauskunft oder im Internet verzeichnet. Das konnte nur bedeuten, sie musste ihn noch einmal besuchen und konnte nur hoffen, dass er zuhause war.

Um diesen Plan nicht wieder aus den Augen zu verlieren, lud Anne bereits am nächsten freien

Samstag ihren Kleinwagen wieder mit Proviant für unterwegs voll. Und diesmal legte sie noch einen Beutel hochwertiges Katzentrockenfutter aus dem Fachhandel dazu, für Adrians tierische Mitbewohner. Es konnte sicherlich nicht schaden, wenn die Katzen sie mochten.

Wie unbegründet diese Überlegung war, zeigte sich, als sie beladen mit den Mitbringsel zum zweiten Mal mitten im Wald vor der Tür von Adrians Bungalow stand. Denn noch bevor sie klopfen oder sich sonst wie bemerkbar machen konnte, ging die Tür wie von Geisterhand bewegt nach innen auf und nicht nur ein sichtlich erfreut lächelnder Adrian trat heraus, sondern auch noch eine kleine schwarze Katzenschar. Die schwarze Katzenmutter und ihre fünf kleinen, ebenfalls schwarzen Katzenkinder sprangen geradewegs und ohne Scheu auf Anne zu und betrachteten sie neugierig mit ihren blauen Augen. Von so viel Willkommensfreude überwältigt, wusste Anne gar nicht, was sie zuerst tun sollte, die Katzen streicheln, die jetzt schnurrend ihre Beine umringten oder Adrian umarmen. Deshalb tat sie einfach beides, der Reihe nach.

Als sich Anne in Adrians Armen befand, fühlte sie sich vollkommen. Ein fehlender Teil ihres Lebens und ihrer selbst war zurückgekommen. Klara und Eugen waren endlich wieder vereint oder sollte man an dieser Stelle sagen Adrian und Anne? Wie auch immer, eines wussten beide mit Sicherheit, in diesem Leben würde sie nichts und niemand mehr auseinanderbringen.

Nachtrag

Wie sich später herausstellen sollte, war Adrians Grundstück groß und geeignet genug gelegen, um nicht nur eine heimelige, gut laufende Katzenpension darauf zu errichten, sondern auch noch eine Katzenauffangstation für Katzen in Not. Diese Katzen durften natürlich nicht nur jedes Alter haben, sondern auch jede Fell- und Augenfarbe. Und weil Anne und Adrian beide große Katzenliebhaber waren und sie gemeinsam Annes langgehegte Wunschprojekte verwirklichten, dauerte es nicht lang, bis sich genau das herumgesprochen hatte: Zufriedene Katzenbesitzer gaben immer häufiger ihre Katzen für einen Kurzurlaub ab, um dann beruhigt selbst in Urlaub fahren zu können und auch immer mehr Katzenliebhaber kamen, um eine oder manchmal sogar mehrere Katzen aus der Auffangstation heraus zu adoptieren.

Damit waren Annes Träume wahr geworden: sie konnte nicht nur ihrer Katzenliebe und Bestimmung gemäß leben, sie hatte mit Adrian auch einen geliebten Menschen an ihrer Seite.

.